Fils du Champa

Fils du Champa

Bruno DENIEL-LAURENT

MAGELLAN & Cie

Ce livre est dédié à la mémoire de Patrick de Sinety (1971-2017)

La photographie de couverture est de Germain Priour,
les illustrations en têtes de chapitre sont de Christelle Téa.

SOMMAIRE

I

LE CAMP DES SAINTS

En cette aube de septembre 2001, des pluies diluviennes chargées d'orage s'abattaient sur la vallée des Cent Pagodes. Réfugié sous l'auvent dérisoire d'un marchand itinérant, j'attendais patiemment le retour du soleil invaincu. Puis, un peu comme dans *Madame Chrysanthème* de Pierre Loti – mon compagnon d'alors –, le temps est redevenu calme, sans un nuage, avec cette limpidité particulière aux ciels que les typhons ont balayés, permettant de distinguer dans les lointains d'infimes détails qu'on n'avait encore jamais vus, comme si le grand souffle terrible avait emporté jusqu'aux plus légères brumes errantes, ne laissant partout qu'un vide profond et clair.

C'est alors que j'ai vu se dessiner à l'horizon les mamelons opulents de la cité royale d'Oudong. Les tombeaux des rois khmers, surplombant chacune de ces collines sacrées, semblaient défier le ciel soudain dégagé, tels des fusées supersoniques qu'on aurait fardées d'ornements rococo.

Trois jours plus tôt, j'avais débarqué à Sihanoukville, bien décidé à commencer ma prime exploration du Cambodge par l'ancienne capitale royale d'Oudong, impatient de m'inscrire sur les traces d'Henri Mouhot. À l'instar du jeune naturaliste, je commençai par présenter mes hommages au roi Preah Bat Ang Duong, à ceci près que si le Franc-Comtois avait eu en 1859 le privilège de converser avec le souverain khmer, je devais, moi, me contenter de ses cendres, déposées dans le *stupa* bâti dans les dernières années du XIXe siècle par son fils Norodom.

Ma journée à Oudong épousa les standards touristiques les plus banals, écartelée entre l'ascension des *stupa* royaux, un arrêt au pied de la grande statue de Bouddha – moins brisée par l'usure du temps que par les bombardements américains – et des intrusions plus ou moins discrètes dans les monastères bouddhistes.

Fourbu, je m'apprêtais à héler un *motodoup* quand j'aperçus un escalier étroit, encadré de tigres sculptés, grimpant à pic à l'assaut d'une colline luxuriante. Intrigué par la perspective, j'escaladai les marches avec lenteur jusqu'à ce que j'arrive au milieu de quelques cabanes rudimentaires faites de bois et de tôles. Et là, dans une cour ombragée, je vis une dizaine de vieillards assoupis, vautrés dans des hamacs. Tous étaient drapés de blanc et la plupart des hommes avaient les cheveux rasés. L'un d'eux s'est prestement levé, puis s'est approché de moi, me saluant les mains jointes, se perdant dans des amabilités dont je n'ai pas compris la moindre formule. Il portait un turban enroulé avec nonchalance et un tee-shirt épointé. Me prenant par le bras, il m'a conduit vers une cabane, continuant à me dérouler un discours ininterrompu entrecoupé de rires enfantins, et plus je lui disais, en français, que je ne comprenais rien, et plus il devenait éloquent. J'apprendrai plus tard que ce moine vibrionnant avait pour nom Ong Lep, qu'il était sourd comme un pot et à moitié aveugle, ce qui expliquait la prodigalité de son discours : dans sa demi-cécité il m'avait confondu avec un ethnologue canadien et, ne pouvant m'entendre, il était persuadé que je comprenais parfaitement tout ce qu'il me disait.

M'invitant à m'asseoir et m'offrant un thé brûlant, Ong Lep a étalé devant moi un étrange amoncèlement de grimoires, d'accordéons cartonnés et d'amulettes. L'un des cahiers présentait des écritures manuscrites qui faisaient penser à du sanskrit. La profusion de symboles, m'évoquant des sortes de sri yantra[1], et les salutations successives des vieux moines – mains jointes et tête baissée – m'incitèrent à supposer que cette communauté devait sans doute communier dans une sorte de culte brahmaniste. Peut-être un reliquat des anciennes religions shivaïtes d'Angkor ? Oui, pensai-je, je dois être sur la colline des renonçants d'Oudong…

1. Diagramme de méditation tantrique constitué de neuf triangles imbriqués autour d'un point central, le *bindu*. Les quatre triangles qui pointent vers le haut représentent Shiva avec son énergie qui monte. (N.d.É.)

Puis, soudain, tournoyant au-dessus de la tête d'Ong Lep, j'aperçus un tout autre symbole : découpé grossièrement dans du carton argenté et suspendu à un fil, l'étoile et le croissant des musulmans dansaient doucement dans la brise. Alors, observant plus attentivement les amulettes, je reconnus quelques lettres arabes plus ou moins bien tracées, un *alif* tordu, un *sin* à quatre arêtes, un *ayn* malingre. Je jetais un œil vers les vieillardes : elles arboraient un foulard approximatif.

En Islam, j'étais en Islam !

Je pensais être tombé sur un *yogi*, mais non, Ong Lep était un *faqîr*, un « pauvre » de l'islam, un frère soufi ! Je ne le savais pas encore, mais je venais de rencontrer, au hasard d'une innocente promenade, l'unique communauté *maraboutique* du Royaume khmer. Ces paisibles moines avaient beau être cambodgiens, ils n'étaient ni khmers, ni chinois, ni vietnamiens : j'étais entré au pays des Chams, un pays sans frontière ni drapeau, dont l'existence doit tout à la mémoire et à la fidélité de ses héritiers.

Dès lors, je me passionnai pour un peuple dont je ne connaissais jusque-là que les homonymes : car « Cham », pour moi, c'était la Syrie, *Bilad al-Cham*[2] ; ou c'était la Bible, Cham fils de Noë…

2. Ou « Grande Syrie », avec l'équivalent des États actuels de Syrie, Jordanie, Liban et Palestine. Étymologiquement, le terme signifie « terre de la main gauche », par opposition au Yémen « terre de la main droite ». (N.d.É.)

Et voilà que s'ouvraient à mon enthousiasme, quelques jours après le 11-septembre, l'histoire des royaumes disparus du Champa et l'épique épopée d'un peuple qui, tour à tour, a connu la gloire et l'exode, les dieux indiens et la révélation coranique, les persécutions polpotistes et la paix des braves.

II

ISLAM OU CHAMPA ?

Le rival d'Angkor. – La poussée des fils d'Annam. – Adieu Vijayapura. – Des salafistes aux brahmanistes. – Le Champa aux mille visages.

« Le Champa est mort, sauf en nos cœurs », me dira, en substance, l'Ong Khnuur Kai Tam, chef spirituel de la communauté islamique de l'Imam San. Tout est dit : le Champa est une tragédie. Il est aussi une fidélité.

L'histoire du Champa s'écrit en spirale verticale : vers l'an 1000, c'est l'une des plus puissantes confédérations hindouistes de la péninsule Indochinoise. Étendu le long des côtes de la mer de Chine, ponctué de ports marchands où s'arrêtent commerçants malais, perses ou indiens, le Champa demeure avant tout un vaste État agricole que quadrillent des temples en brique dédiés à Shiva et aux divinités locales. Marco Polo ne manque pas de remarquer son existence : « Une contrée qui a nom Cyamba qui moult est riche terre et ont roi par eux et langage aussi. » Sur ses flancs occidentaux s'épanouit l'Empire khmer d'Angkor, frère jumeau et vrai rival, contre lequel les armées chames s'abattront souvent, allant jusqu'à occuper et piller sa capitale.

Mais la vraie menace ne viendra pas des Khmers, ni d'aucun autre peuple de l'« Asie brune ». Au-delà des frontières nordiques du Champa, une peuplade « blanche » exige bientôt son espace vital : fraîchement libérés de la suzeraineté chinoise, les Viêt entament dès le Xe siècle leur « Poussée vers le Sud ». Dès lors, l'histoire du Champa se résume à une lente et inexorable agonie. Les principautés chames, les unes après les autres, s'écroulent face aux assauts du Dai Viêt : la principauté d'Indrapura commence à s'étioler vers l'an 1000, Vijayapura est rasé en 1471, le Kauthara envahi au XVIIe siècle. À chaque défaite répond une fuite des populations chames, rois, princes, guerriers et paysans, vers les provinces du sud ou les territoires khmers. En 1832, l'ultime royaume cham, le Panduranga, est démantelé par un roi annamite : le Champa sort définitivement de l'Histoire. Mais un mythe naîtra : celui du paradis perdu, du royaume d'espérance, de la terre à jamais promise. Antoine Cabaton[1], de l'École française d'Extrême-Orient, le notait sans ambages au début du XXe siècle : « De ce passé lointain et glorieux, les pauvres Chams ont gardé un souvenir puérilement merveilleux et sous forme de

1. Antoine Cabaton (1863-1942), philologue, un des fondateurs des études insulindiennes. (N.d.É.)

chroniques un verbeux radotage où les listes amphigouriques de rois s'accompagnent d'appréciations apocalyptiques. Ces chroniques font bonnement remonter l'empire des Chams, le Nögar Cham comme ils disent, sinon à la création du monde, du moins à des milliers de milliers d'années. »

Les Chams ne sont donc pas simplement un peuple sans État : ils ont perdu jusqu'au bénéfice de résider sur leurs terres ancestrales, désormais peuplées par les fils d'Annam. Certes quelques dizaines de milliers de Chams demeurent encore au Panduranga, noyés dans la masse innombrable des Viêt, mais c'est désormais au Cambodge que se trouve le cœur vivant de la diaspora chame, disséminée en îlots épars le long du Mékong ou du littoral, dans les faubourgs de Phnom Penh, sur les rives méridionales du Tonle Sap et dans l'arrière-pays de Pursat et Battambang.

Les Chams sont aussi un peuple de convertis : tandis que leurs royaumes se délitaient, comme abandonnés par leurs génies protecteurs et leurs divinités telluriques, les réfugiés chams ont bientôt choisi d'embrasser la religion coranique, probablement sous l'influence des Malais du Cambodge, leurs cousins linguistiques. Les conséquences de cette conversion, on l'imagine, sont gigantesques. Avant tout, c'est un changement fondamental de polarité : ce n'est plus vers Vijayapura, leur capitale perdue, que vont regarder les Chams, mais vers la cité sainte de La Mecque. En se faisant musulmans, les Chams resserrent encore les liens avec un univers en pleine expansion, le monde malais, et sa bourgeoisie commerçante, ses docteurs en religion, sa jurisprudence islamique. N'oublions pas que le malais, vers 1600, était alors la *lingua franca* des marchands d'Asie du Sud-Est, à la fois langue des affaires et vecteur du culte islamique. Fascinant paradoxe : c'est en renonçant à la religion de leurs ancêtres que les Chams du Cambodge, réfugiés au cœur d'un royaume bouddhiste, vont finalement sauvegarder leur singularité. Un jeune Cham de Phnom Penh, qui ne parle plus la langue de ses grands-parents mais pratique avec entrain les cinq prières quotidiennes, me fera un jour cet aveu : « Si je n'étais pas musulman, je serais un Cambodgien comme les autres. »

***

Deux astres brûlants se dessinent sur l'horizon mental des Chams : d'un coté l'islam, de l'autre le Champa. L'alternative est taraudante : participation loyale à l'*Ummah* ou fidélité envers la terre des ancêtres ? Cette dialectique est essentielle, et l'on verra bientôt qu'il faut la garder à l'esprit, quitte à la dépasser, quand on s'en va visiter un village cham. Elle offre par ailleurs un critère de première importance pour décrire les diverses communautés chames du Cambodge et du Viêt Nam.

On peut ainsi mentalement s'imaginer une abscisse dont les termes seraient « islam » à droite et « Champa » à gauche. À l'extrême-droite de cette ligne, si je puis dire, on placerait les Chams salafistes, nourris aux doctrines rigoristes de la péninsule Arabique. Ceux-là, fort nombreux au Cambodge, n'ont aucune appétence pour les traditions pré-islamiques du Champa, surtout lorsqu'elles s'animent sous le vernis musulman. Prompts à sermonner leurs coreligionnaires, les Chams salafistes ont fini par hériter de sobriquets significatifs : les « cinq fois par jour », les « Koweitiens » ou, parfois, les « Arabes ».

À la gauche des salafistes se tiendraient les Chams fondamentalistes du Tabligh : sortes de Témoins de Jéhovah de l'islam, les missionnaires du Tabligh revendiquent eux aussi un retour aux sources des écrits coraniques et incitent leurs coreligionnaires à imiter jusque dans ses détails les gestes et les vêtements du Prophète (ou de ses épouses). Mais s'ils affirment vouloir ramener les musulmans « égarés » dans le giron de la foi des origines, s'organisant en équipes itinérantes, les *tablighi* montrent une certaine indulgence envers les célébrations propres à l'islam cham, comme la fête du Mawlid ou la visite des tombes ancestrales, contrairement aux salafistes qui les considèrent comme de blâmables superstitions.

À l'autre extrémité de notre axe islam/Champa se trouveraient des communautés bien différentes : les Chams brahmanistes du centre-Viêt Nam offrent ainsi un visage singulier puisqu'ils sont les seuls à ne pas s'être convertis à l'islam, continuant de pratiquer un hindouisme hétérodoxe (« dégénéré », diraient certains) qui mêle religion des ancêtres et références shivaïtes. Ils sont aussi les seuls à prescrire l'incinération des cadavres, se livrant à l'étrange cérémonie de « transformation du corps mort ».

Légèrement à la droite de ces derniers, les Chams Banî du Panduranga s'affirment musulmans mais communient dans un culte syncrétiste teinté de références chamaniques qui, aux yeux de certains pieux croyants, passerait pour un échevelé associationnisme... On raconte même qu'il arriverait à des Chams Banî de s'adonner à la cochonnaille et à l'alcool de riz...

Progressons encore vers la droite et l'on rencontre les paisibles dévots de l'Imam San et les marabouts d'Oudong dont le centre spirituel se trouve dans le village cambodgien d'O'Russei. Les dignitaires de cette communauté font parfois le pèlerinage à La Mecque, mais ils refusent aussi les cinq prières quotidiennes, vénèrent des bréviaires ésotériques rédigés en alphabet cham et revendiquent fièrement l'héritage culturel du royaume perdu. Afin de se distinguer de leurs frères « orthodoxes » par trop influencés par les modèles arabo-malais, ils se nomment eux-mêmes *Cham Champa* ou *Cham sot* (« Chams purs »).

Enfin, campant entre ces groupes au caractère trempé, on trouve une sorte de « majorité silencieuse », constituée par les Chams sunnites qui revendiquent tranquillement leur « chamité » tout en s'abreuvant aux sources traditionnelles de la jurisprudence chaféite, prédominante en Asie du Sud-Est.

Dieu merci, la complexité du monde ne se résume pas à une figure linéaire et il est aussi beaucoup de Chams inclassables, tel ce salafiste versé dans l'étude de l'alphabet cham, ou ce musulman « orthodoxe » que l'on surprendra, la nuit tombée, au cœur d'une cérémonie de possession… À ces lignes de fracture religieuses s'ajoutent aussi les reliquats des anciennes castes : ainsi il est des Chams qui s'affirment *Po*, c'est-à-dire descendants des rois et princes du Champa ; d'autres seraient des *Saeth*, issus des castes guerrières, tandis que les *Rih* formeraient la classe laborieuse… On le voit, l'identité chame se tisse d'attributs pluriels, mouvants, enchevêtrés. Nouvelle rassurante, finalement : le Champa aux mille visages ne se laissera pas réifier, nous promettant à coup sûr d'inédits ravissements.

III

NOS MEILLEURS ENNEMIS

Les Chams dévastent Angkor. – L'exode des rois. –
Nés d'un chien et d'une truie ? –
De redoutables magiciens. – Le 11-septembre.

Un souverain hiératique juché sur un éléphant musculeux ; des Khmers glabres armés de pieux aux lames effilées et ceints de trousses-couilles fanatiquement noués ; des Chams en tuniques, portant un lotus renversé en guise de coiffe, parant les coups ennemis derrière des boucliers à pointe ; puis des navires s'entrechoquant sur des eaux poissonneuses, des hommes déchiquetés par des crocodiles, des mercenaires chinois à barbichette, des danseuses célestes virevoltant au-dessus des flots, un Vishnu à quatre bras... On peut passer des journées entières à s'émerveiller face aux bas-reliefs du temple du Bayon, dont les quatre galeries, sculptées au XIIIe siècle, offrent de saisissants spectacles, à la fois épiques, émouvants et riches d'enseignement. C'est pourquoi il est bon, avant de se frotter aux Chams d'aujourd'hui, de retourner à Angkor pour y découvrir l'apparence des Chams d'antan, ces terribles guerriers qu'un ami khmer aime à nommer ainsi : « Nos meilleurs ennemis. »

Du temple du Bayon, trônant au milieu de la cité d'Angkor Thom, on connaît les mystérieuses tours-visages dévorés par les mousses et l'usure du temps, les statues d'apothéose affirmant l'omnipotence du Roi-Dieu bouddhiste sur les quatre orients de l'Empire khmer. On sait moins que le Bayon est né d'un traumatisme et d'une revanche. Le traumatisme, c'est l'invasion et la mise à sac de la capitale khmère par les armées du roi cham, à l'époque où celle-là s'ordonnait autour du temple vishnouiste d'Angkor Vat. L'Empire khmer, dans la seconde moitié du XIIe siècle, était entré dans une zone de turbulences, se convulsionnant sous le poids des rébellions, des fratricides et des usurpations. Le roi cham Jaya Indravarman IV décide de profiter de cette chienlit : une imposante armada, guidée par un mercenaire chinois, longe en 1177 les côtes de la mer de Chine, pénètre dans le delta, remonte le Mékong et traverse le grand lac de la plaine centrale jusqu'à l'embouchure de la rivière de Siem Reap dont les rives jouxtent la cité d'Angkor. L'effet de surprise est total : la ville tombe aux mains des Chams qui exécutent le souverain khmer avant de la piller et de s'y installer.

L'affront devait être lavé par le sang : un prince khmer organise la résistance, lève depuis les provinces une armée bigarrée qui se lance bientôt à la reconquête d'Angkor. Victorieux des Chams, poussant l'avantage jusqu'à porter l'assaut sur le territoire du Champa qu'il occupe pendant plusieurs années, le prince libérateur est sacré roi en 1181 sous le nom de Jayavarman (septième du nom, selon la numérotation historienne). La stèle du temple Phiméanakas célèbre ainsi ses faits d'armes: «Ayant par sa patience dans l'infortune vaincu dans le combat ce [roi des Chams] dont les guerriers étaient comme un océan sans limites, après avoir reçu le sacre royal, il posséda, par la conquête de Vijaya et des autres pays, la terre purifiée, qui pouvait être dite sa maison.» Le plus illustre des souverains khmers sera aussi un grand bâtisseur dont les œuvres seront autant d'occasions de célébrer le génie militaire: l'université bouddhique de Preah Khan sera ainsi bâtie sur le lieu même de la bataille finale contre les Chams. Une nouvelle capitale royale, Angkor Thom, est fondée, et s'entoure d'une enceinte dont la fonction cumule charge symbolique et impératif de défense, et au centre de laquelle s'élève le Bayon, temple d'État, dont les bas-reliefs relatent les grandes heures de la guerre contre les Chams.

Il est assez aisé de reconnaître ces Chams antiques: leurs chemises à manches courtes et leur étrange couvre-chef en forme de fleur incohérente suffisent à les distinguer des combattants khmers dont les corps robustes, largement dénudés, s'entourent de sangles fines et de linges noués. Les scènes de guerre, qu'elles soient navales ou terrestres, impressionnent par la violence crue qui s'en dégage, tout comme par la multitude des sujets sculptés. La galerie sud surabonde d'entrechoquements qui, sans surprise, exposent l'ascendant des troupes khmères sur leurs ennemis. Pourtant, si l'on y regarde de plus près, quelques étrangetés apparaissent : dans la section orientale de la galerie nord, des Khmers, désorganisés, fuient vers les collines, harcelés par des Chams vigoureux. Pourquoi les artistes ont-ils choisi de montrer ainsi une aussi cuisante défaite khmère ? Est-ce par souci narratif ? Ont-ils ainsi voulu illustrer la débâcle de 1177 ? Une autre surprise nous attend sur la section méridionale de la galerie est : on y voit des généraux khmers entourés d'une armée en ordre de bataille, scène banale sauf que tous ces soldats sont chams ! Ce bas-relief prouve à l'envi qu'il est nécessaire, lorsqu'on se penche sur ces guerres, de ne pas raisonner en termes modernes : il ne s'agissait pas de conflits globaux entre États homogènes, Champa contre Empire khmer, mais de luttes féodales entre principautés dont les allégeances pouvaient fluctuer au cours du temps. Ainsi les Chams victorieux de la galerie nord sont probablement des alliés de Jayavarman VII et les Khmers en déroute représentent sans doute des rebelles ou des mercenaires à la solde du roi cham. De la même façon, il ne faut pas s'imaginer les guerres entre Chams et Viêt comme un roide face-à-face opposant deux empires ; on doit au contraire se figurer des conflits croisés, des alliances de revers, des contingents de soudards de toutes origines.

Le grignotage méthodique des territoires chams par les Viêt dura presque mille ans, un millénaire tissé de déconvenues militaires et de reconquêtes timides, d'annexions brutales et de migrations imperceptibles. Au cœur de cette lente agonie, la chute du royaume cham du Vijaya tourne au désastre et signe l'entrée des Chams en diaspora : le roi annamite Lê Thánh Tông, envahissant Vijayapura en 1471 après s'être assuré de la neutralité de la Chine, fait exécuter quarante mille Chams, en réduit trente mille en esclavage, vandalise les monuments, détruit les archives et démantèle le royaume en trois principautés dirigées par des mandarins qui parachèveront cette politique radicale d'acculturation. C'est dans ce contexte d'apocalypse qu'un souverain khmer accorde l'hospitalité à une première population venue de Vijaya. Deux autres vagues suivront, plus importantes encore, à la fin du XVIIe siècle et au début du XIXe siècle. Ces Chams, on doit le supposer, n'étaient pas des réfugiés enguenillés et hagards. Il faut au contraire s'imaginer un groupe structuré, avec famille royale, aristocratie militaire, gurus, artisans, paysans. Les Chams du Cambodge, aujourd'hui encore, conservent le souvenir des anciennes « castes », et même dans les milieux paysans les plus modestes il en est qui s'affirment comme *Po*, descendants de rois ou de princes, ou comme *Saeth*, guerriers. Cette catégorisation, qui peut avoir des incidences sur les choix maritaux – certaines familles refusant que leurs enfants s'unissent à des membres des « classes inférieures » –, a cependant largement perdu de sa prégnance, notamment à cause du régime polpotiste qui a bousculé les structures traditionnelles des villages chams tout en concentrant ses crimes sur les « élites » chames, même les plus déshéritées.

***

Dès le XVe siècle, donc, l'histoire des Chams commence à se confondre avec celle du Cambodge : certains rois khmers surent d'ailleurs tirer profit de ces invités, craints autant que célébrés pour leur vaillance et leur droiture. Les *Chroniques royales khmères* nous indiquent ainsi que le roi Ramadhipati Ier s'était appuyé sur une garde prétorienne chame pour monter sur le trône du royaume khmer, allant jusqu'à épouser une princesse musulmane et se convertir lui-même à la religion de Muhammad. Il régna alors sous le nom de Sultan Ibrahim, avant d'être finalement destitué par une alliance constituée de Khmers et de Viêt. En 1659, un autre roi khmer, Pramaraja VIII, vit les Chams se dresser contre lui : il ordonna qu'on en chassât plusieurs milliers hors du royaume. Ceux-ci trouvèrent refuge en Thaïlande. Des Chams furent à nouveau enrôlés en 1861, cette fois-ci au service du prince Norodom qui put accéder au trône grâce à eux. C'est aussi au XIXe siècle que les Viêt, qui continuaient leur inexorable marche vers le sud, conçurent un plan aussi tortueux que génial : des Chams du Cambodge furent recrutés puis utilisés comme mercenaires et colons dans les territoires khmers de Cochinchine que les Viêt avaient décidé d'annexer. Les Chams du village de Chau Doc – désormais vietnamien – sont les descendants de ces forces supplétives. On pourrait multiplier ces anecdotes historiques : toutes montrent une communauté chame dispersée à travers le Cambodge mais toujours susceptible d'être mobilisée par un prince, une coterie ou une organisation politique, d'où le souci permanent de la royauté cambodgienne, d'Ang Duong à Norodom Sihanouk, de multiplier les gestes envers ces farouches invités en maniant, selon les circonstances, la carotte ou le bâton.

Dans les années 1960, guidé par une brûlante ambition patriotique, Sihanouk décide de frapper un grand coup en créant de toutes pièces de nouvelles désignations, histoire d'intégrer tous les Cambodgiens – Khmers et minorités ethniques – dans la nation nouvellement indépendante : les aborigènes des hauts plateaux seront désormais nommés *khmer leu* (« Khmers d'en haut ») et les musulmans seront regroupés sous le nom générique de *khmer islam*. Quant aux Khmers « ethniques » du Viêt Nam et du delta du Mékong, ils deviennent des *khmer krom* (« Khmers d'en bas ») tandis que les Khmers du Cambodge sont appelés *khmer kandal*, c'est-à-dire les « Khmers du milieu »… On ne s'étonnera pas d'apprendre que c'est aussi Sihanouk qui aura l'idée de désigner les maquisards communistes par le sobriquet de « Khmers rouges ».

Quoi qu'il en soit, la participation des *khmer islam* à la vie politique du royaume est désormais acquise et on peut en surprendre certains au sein des instances gouvernementales et des parlements dans des proportions qu'on peut juger représentatives de leur poids démographique. Ainsi sont les Chams en ce jeune XIXe siècle : Cambodgiens sans être khmers, intégrés à défaut de s'être assimilés, courtisés et soumis à une surveillance bonhomme, ils renouvellent sans cesse les modalités de leur appartenance pacifique à la communauté nationale.

***

Le pouvoir est une chose lointaine : la réalité charnelle au sein de laquelle les Chams réfugiés au Cambodge doivent apprendre à composer, *hic et nunc*, c'est ce petit peuple khmer des campagnes profondes et des faubourgs populeux. Depuis des siècles, ne l'oublions pas, Chams et Khmers foulent une même terre, sondent les mêmes fleuves, se lustrent sous des pluies pareillement diluviennes. Par certains aspects, leur coexistence se révèle symbiotique : ainsi les Chams, ne subissant pas les interdits bouddhistes de mise à mort et de dépeçage des animaux, excellent dans les activités d'élevage, d'abattage, de découpe : les meilleurs bouchers sont chams, de l'aveu même des

Chinois pourtant avares de compliments. On les rencontre aussi sur les berges du Mékong ou du Tonle Sap où, excellents navigateurs, ils côtoient les pêcheurs viêt et exposent leurs étals de poissons sur les marchés des villages khmers. À Chrok Rumiert, près d'Oudong, c'est la maîtrise du travail des métaux qui fait la renommée des forgerons chams. Sans doute peut-on d'ailleurs y voir un héritage de leur belliqueux passé : ne dit-on pas que jusqu'à l'aube du XXe siècle tout homme cham se devait de posséder en permanence un sabre à sa ceinture ?

Une infrangible muraille, criblée d'humaines lézardes, semble toutefois se dessiner encore entre les fils de Kambu[1] et les réfugiés du Champa. Au-delà de l'irréductibilité religieuse des deux communautés, le trait le plus frappant reste l'ignorance abyssale des Khmers et l'incapacité de ces derniers à dépasser une poignée de légendes truculentes transmises de génération en génération. Ainsi, n'importe quel Khmer, que vous le rencontriez à la sortie d'un lycée de Battambang ou dans la plus fangeuse rizière du pays de Kandal, vous expliquera, avec un sérieux de plomb, que les Chams sont bien évidemment nés de l'union d'un chien et d'une truie. Les preuves de la véracité de ce mythe abondent, si l'on en croit l'homme (khmer) de la rue : ainsi, les Chams ne mangent pas de porc – contrairement aux Khmers qui en raffolent – ni de

1. Pays des fils de Kambu, origine du nom Cambodge. (N.d.É.)

viande de chien – les Viêt n'hésitant pas à en faire leur pitance –, prouvant bien ainsi leur respect envers leurs géniteurs primordiaux… Les sons qui sortent des haut-parleurs des mosquées chames, ces « allaaaaaaaaa » répétés cinq fois par jour, de l'aube au crépuscule, ne sont-ils pas des imitations de hurlements de chiens ? Les Khmers possèdent d'ailleurs une expression désignant l'appel à la prière musulmane, *sraek lou*, qu'on peut traduire ainsi : « crier comme un chien sauvage »… Rares sont les Khmers qui sont entrés dans une mosquée, mais la plupart sont persuadés que les Chams y vénèrent des statues de chiens et de cochons (« des chiens maigres et des cochons gras », préciseront les plus pointilleux).

Je me souviens de cette discussion avec un Khmer éduqué, guide-hôtelier à Kampong Thom, qui s'était fait une joie de me livrer le fin mot de l'histoire dont je peux donner ici le résumé : il était une fois un prince du Champa qui s'était uni à une truie. Celle-ci accoucha d'une fille, aussi porcine que sa mère mais plus vilaine encore. Le roi exigea qu'elle se couvrît le visage au moyen d'un foulard de soie et l'exila dans une forêt profonde. Là-bas, elle forniqua avec un chien et accoucha d'un garçon : et le fruit mi-porcin mi-canin de cette union, c'est justement l'ancêtre de tous les Chams… Marcel Ner, qui collecta dans les années 1940 plusieurs déclinaisons de cette légende, ajoute qu'on lui contait aussi que le fils avait assassiné son chien de père et s'était fait une coiffure de sa vessie.

Ainsi s'explique très logiquement le singulier accoutrement des Chams : les hommes portent une calotte blanche en souvenir de cette vessie canine et les femmes se voilent pour suivre l'exemple de leur porcine aïeule.

Il ne faudrait surtout pas déduire de ces mythes animaliers que les Khmers tiennent les Chams pour des sous-humains ou une race maudite promise à tous les holocaustes. Là encore, il convient de placer ce discours dans le contexte de son énonciation : nombreuses sont les légendes khmères où la frontière entre homme et animal se révèle floue, aussi ne faut-il pas exagérer l'intention insultante de ces mythologies porcines et canines. Si l'on peut comprendre combien il est désobligeant pour un musulman d'être suspecté d'adorer une idole, et plus encore celle d'une bedonnante cochonne, on doit se persuader que le Khmer qui colporte cette rumeur n'y voit là rien de très scandaleux ; après tout, l'arrière-fond mythologique des Khmers pullule d'idoles animales, Naudin le taureau de Shiva, Garuda l'aigle de Vishnu, Hamsa le cygne de Brahma, Hanuman le singe guerrier, Ganesha le « dieu-éléphant » et son rongeur de monture, etc. L'hypothèse qu'il puisse exister au Cambodge un peuple adorant un animal-totem que l'on s'interdit de manger n'a pour un Khmer finalement rien d'extravagant ; après tout, les hindous vénèrent la « Mère Vache » et s'interdisent d'en consommer la viande. La popularité de cette légende tient donc plus de la méconnaissance que du mépris ; disons qu'elle vise à fournir – dans le cadre enchanté des croyances populaires khmères – une explication « plausible » à la singularité cultuelle de leurs voisins chams.

Les Khmers ont beau souscrire à cette légende dont ils parviennent difficilement à croire qu'elle puisse être offensante, ils n'y accordent au fond qu'un poids assez dérisoire. En revanche, il est une singularité chame qui est prise avec la plus intense gravité : c'est leur pratique séculaire des magies blanches et noires. La réputation des Chams en matière d'alchimie et de divination, et le mélange de crainte et de fascination qu'elle inspire dépassent d'ailleurs largement la simple sphère khmère : les Viêt, les Chinois, les Malais et même les Européens installés au Cambodge savent que c'est parmi les Chams que l'on rencontre les plus redoutables enchanteurs. Ainsi je puis attester qu'il est à Phnom Penh un professeur de haute renommée qui recourt régulièrement aux services d'un devin cham de Wat Phnom... De même, il est d'honnêtes hôteliers français qui ont obtenu du vieil Ong Lep, l'un des gardiens de la mosquée d'Oudong, une amulette de protection qui assure depuis la bonne fortune de leurs entreprises ; et plusieurs expatriés de ma connaissance m'ont avoué être de fidèles clients d'un cartomancien cham de Preik Pra. L'explorateur Étienne Aymonier[2],

2. Étienne François Aymonier (1844-1929), officier et administrateur colonial français, spécialiste des cultures khmère et cham, premier directeur de l'École coloniale. (N.d.É.)

en 1891, l'avait déjà noté : « Les Tchames croient à la magie noire qui envoûte, rend fou, tue ou guérit. La cire souvent employée dans ces pratiques est celle d'une petite abeille sauvage qui fait son nid tubulaire sur les troncs des arbres. Les prétendus sorciers, les gens soupçonnés d'être trop versés dans la science des poisons, sont quelquefois secrètement assassinés. » Bien évidemment, il est difficile, même – et surtout – pour des chercheurs aguerris, d'estimer l'ampleur de ces pratiques magiques et d'en décrire les manifestations. Les maîtres en sciences occultes ont la sagesse de ne pas livrer leurs secrets au premier venu, persuadés qu'il est des mystères qui ne peuvent être divulgués à l'homme de peu de foi. Le mutisme des magiciens chams tient aussi au fait que l'occultisme reste difficilement soluble dans l'islam, les autorités religieuses, « orthodoxes » bien sûr mais aussi « traditionnalistes », cherchant sinon à l'éradiquer du moins à en limiter la publicité. Il n'en reste pas moins que la magie est un puissant référent identitaire, à la fois à l'intérieur de la communauté chame et chez ses voisins.

***

Étranges adorateurs d'une idole invisible, portés sur la magie et l'art de la guerre, apparentés aux Malais et adversaires malheureux du Viêt « perfide » : voici donc les caractéristiques ambivalentes que les Khmers ont longtemps prêtées aux Chams. Les choses auraient pu en rester là si le regard porté par les Cambodgiens sur leurs compatriotes chams ne s'était soudain irrigué, un jour de septembre 2001, d'une nuance nouvelle: spectateur lui aussi de l'effondrement des tours jumelles de New-York, le petit peuple cambodgien découvrait soudain, effaré, que des «Chams» avaient décidé de porter le feu sur la puissante Amérique – autant dire sur le monde entier. Car il faut bien se convaincre que pour un Khmer, et aujourd'hui plus qu'hier, les mots «islam» et «cham» sont parfaitement interchangeables. Il suffit de tendre l'oreille et écouter les Khmers de France: les Algériens, les Turcs ou les Tunisiens sont désignés sous un seul terme: «Cham». Le 11-septembre, au Cambodge comme ailleurs, a donc soudain transporté la question musulmane au cœur du pays, en même temps que se solidifiait cette étrange interrogation, propice à toutes les paranoïas: «Ben Laden, combien de divisions?»

Il se trouve que je séjournais au Cambodge en septembre 2001. J'étais à Koh Kong, le 21 septembre, quand la télévision cambodgienne diffusa les images d'une ville française atteinte par une puissante déflagration – je saurai plus tard qu'il s'agissait de Toulouse. Ne comprenant pas un traître mot du commentaire journalistique, stupéfait par ce spectacle télévisuel – fumées épaisses s'élevant à l'assaut du ciel, foule en choc, ronde d'ambulances et de brancards –, j'ai soudain été traversé par l'idée que la France, dix jours après le 11-septembre, venait elle aussi de subir un attentat vengeur. Le propriétaire de ma *guest house*, hilare, me conforta dans ma supposition, affirmant que c'était là aussi, comme en Amérique, un coup des Chams : « *Cham people ! Islam people ! They make war to America and to France !* » Quelques mois plus tard, des amis khmers m'expliquèrent que ces Chams-là avaient certainement utilisé la magie pour ainsi forcer les avions à s'écraser sur les tours new-yorkaises... La boucle était bouclée.

Puis vint l'attentat de Bali en octobre 2002 : deux cents personnes, employés balinais et touristes australiens ou britanniques, périssent sous le feu grégeois des terroristes indonésiens de la Jemaah Islamiyah. À Phnom Penh, on craint la contagion : le gouvernement cambodgien, sous influence américaine, lance sa propre « guerre contre le terrorisme » et arrête, expulse ou emprisonne une poignée de Chams, des Soudanais, des Nigérians, des Égyptiens et quelques musulmans thaïlandais, soupçonnés de soutenir la Jemaah Islamiyah. En 2003, l'arrestation en Thaïlande de l'Indonésien Riduan Isamuddin, plus connu sous son nom de guerre « Hambali », distille une peur rétrospective : on apprend en effet que ce haut responsable de la Jemaah Islamiyah, proche collaborateur de Ben Laden, avait plusieurs fois séjourné au Cambodge, déguisé en commerçant ou en magicien itinérant... Enfin, le déclenchement en 2004 de l'insurrection malaise dans les provinces sudistes de la Thaïlande achève de créer la confusion : les Chams inscrits dans les universités islamiques de Thaïlande sont bientôt soupçonnés d'être des « mercenaires » ; inversement, les Thaïlandais musulmans qui souhaitent se rendre au Cambodge sont suspectés de vouloir y importer le *djihâd*. Pour ne rien arranger, la très visible recrudescence dans le courant des années 2000 des courants fondamentalistes – salafisme et Tablighi Jamaat – apporte aussi du carburant à la peur panique : ces mouvements ont beau être quiétistes et apolitiques, les accoutrements arabo-malais de leurs adeptes achèvent de persuader les Khmers – mais aussi les expatriés – que les Chams du Cambodge, décidément, filent un mauvais coton. La *reductio ad djihâdum* commence à faire des émules à travers le pays : derrière le *niqab* et la barbe, chacun croit déceler l'ombre des poignards et le fumet des bombonnes à clous…

Mais la stratégie de la tension, on le sait, s'est essoufflée : Oussama Ben Laden, si l'on en croit les Américains, repose au fond de l'océan, et Georges W. Bush sucre les fraises quelque part au Texas. Aucun Cham, finalement, ne s'est fait exploser dans les allées du Marché central de Phnom Penh, et personne n'a réclamé l'instauration d'un califat cambodgien. Pour l'heure, l'islam cham continue de se couler dans le moule légaliste et la soif d'affirmation veille à ne pas se faire tonitruante. Nul n'est besoin de s’alarmer : les « meilleurs ennemis » des Khmers semblent ne pas avoir l’intention de déterrer les sabres de leurs intrépides ancêtres.

IV

CHEZ LES DÉVOTS DE L'IMAM SAN

Où sont les Chams ? – Le village des irréductibles. – Les sept défis de l'Imam San. – Justice coranique à O'Russei. – Les friandises du Mawlid.

Le touriste ou le visiteur de passage, s'il pèche par fainéantise, distraction ou frilosité, risque fort de ne rien apercevoir de la présence chame au Cambodge. Il est vrai que les approximations statistiques nous indiquent que les Chams – auxquels on a tendance à amalgamer les microminorités musulmanes : descendants de Malais et de Javanais, Indiens, Tamouls, etc. – ne représenteraient guère que 5 % de la population cambodgienne, ce qui correspond à quelques quatre cent mille âmes. Puis ce n'est pas dans les circuits touristiques d'Angkor, les restaurants branchés de Phnom Penh ou les « bars à coquines » qu'on aura la chance de croiser des Chams « visibles ».

Il est pourtant certaines zones où ne pas remarquer les manifestations de leur singularité relèverait de l'exploit.

Il suffit, par exemple, de quitter Phnom Penh pour Kampong Chhnang en empruntant la route nationale N° 5 : trois faubourgs musulmans, pauvrement baptisés « Kilomètre 7 », « Kilomètre 8 » et « Kilomètre 9 », se succèdent, chacun disposant d'une rutilante mosquée de style arabo-malais où l'islamiquement correct s'affiche avec fierté en une débauche de couleurs franches et chamarrées qui raviront les amateurs de tissus précieux. Ne dit-on pas que les Chames sont (ou étaient) les meilleures tisserandes du Cambodge ? Continuez la route N° 5 jusqu'à Kampong Chhnang, longeant sur leurs flancs orientaux les collines d'Oudong, et vous pouvez être assurés de rencontrer ici et là, jouxtant des agglomérations khmères ou vietnamiennes, les signes d'une consistante présence musulmane, avec *madrasa*, femmes voilées et tombes biffées de caractères arabes.

Même le très touristique quai Sisowath, qui est un peu à Phnom Penh ce que la Croisette est à Cannes, permet d'offrir une petite fenêtre sur le monde musulman puisqu'il fait face à la presqu'île de Chroy Changvar où vit depuis des siècles une communauté métisse, chame et malaise, dont les villages et les mosquées, longtemps protégés par la forêt claire, subissent malheureusement l'ombre des récents bubons immobiliers du groupe Sokha. Enfin, symétrique aux trois faubourgs de la route N° 5, le quartier de Preik Pra, au sud-est de Phnom Penh, vit aussi à l'heure islamique, et pas la moindre puisqu'il est l'un des fiefs du mouvement fondamentaliste Tablighi Jamaat.

Le littoral cambodgien connaît aussi quelques enclaves musulmanes : Kampot, ville côtière universellement connue pour ses fameuses poivrières, abrite ainsi plusieurs villages de pêcheurs musulmans répartis le long des deux chenaux reliant la cité à l'océan. Chaque soir, c'est un même spectacle d'une beauté déchirante lorsque des dizaines d'embarcations effilées quittent le pont des villages, slalomant entre les bancs de sable, et s'en vont se confronter aux assauts de la haute mer, tandis que les *muezzin* de Kampong Kandal, Trapeang Smach ou Kampong Treach lancent les appels de la prière *al-maghrib*. La rigueur ethnologique me commande de préciser que ces navigateurs ne sont pas à proprement parler des Chams (même s'ils se présentent ainsi aux néophytes) mais des Jveas, c'est-à-dire des descendants d'immigrants malais ou indonésiens, installés depuis au moins six siècles sur les côtes cambodgiennes.

Ce n'est pas sur les rivages océaniques ou dans les périphéries de Phnom Penh que se situe le cœur de l'implantation musulmane, mais dans le pays de Kampong Cham, au centre du Cambodge. S'ils ne sont pas majoritaires dans la province, et moins encore dans son chef-lieu, les Chams sont légion sur les rives du Mékong, en particulier dans le district de Kroch Chhmar. C'est ainsi à Phum Trea que l'on trouvera l'une des plus imposantes mosquées du Cambodge, aujourd'hui centre nerveux du Tablighi Jamaat. Et quelques kilomètres en amont, à la sortie du village de

Svay Khleang, se tient le plus ancien édifice musulman du pays, un minaret du XVIIIe siècle aujourd'hui quelque peu délabré.

On ne s'étonnera pas d'apprendre que ce district de Kroch Chhmar, le seul du pays où les Chams sont majoritaires, fut particulièrement martyrisé par les Khmers rouges qui le rebaptisèrent du doux nom de «Région 21 de la Zone Est» avant d'y appliquer toute l'étendue de leur politique d'athéisme radical. Aujourd'hui encore, on se souvient que c'est ici, dans les villages de Phum Trea ou Koh Phal, que des Chams se sont élevés, dès 1973, contre les commissaires politiques de l'Angkar, provoquant en retour de sanglantes répressions. Mais ceci est une autre histoire.

***

On l'a dit: la diaspora chame présente aujourd'hui des visages contrastés, sculptés par les héritages ancestraux et les modes contemporaines, les résiliences et les imitations. On peut toutefois, en brossant à traits grossiers, diviser la communauté musulmane du Cambodge en deux grandes familles: l'islam sunnite, toutes obédiences confondues, forme le creuset largement majoritaire dont se revendiquent la plupart des Chams. En effet, au-delà de leurs nuances respectives, les barbus d'inspiration salafiste, les sages théologiens chaféites ou les missionnaires fondamentalistes du Tablighi Jamaat se réclament tous de la Sunnah, la tradition prophétique. La langue arabe, épaulée par l'étude du malais, jouit chez eux d'un statut privilégié et l'obéissance sourcilleuse aux cinq piliers de l'islam n'est pas chose qui se négocie. En ce sens, il n'est pas exagéré de désigner cette tendance sous l'appellation générique de Chams « orthodoxes ».

Face à eux – ou, si l'on préfère, en leur dehors – campe un village d'irréductibles qui résistent tant bien que mal à cette normativité sunnite. Centre spirituel des dévots de l'Imam San, O'Russei continue ainsi de vivre selon les règles d'un islam idiosyncrasique teinté de nuances chiites, matriarcales et brahmanistes. Le village, situé dans la province de Kampong Chhnang, ne paye pas de mine et aucun guide touristique n'a jamais pensé à en faire état. Les Chams d'O'Russei, il est vrai, savent se fondre dans le paysage khméro-bouddhiste : l'appel à la prière ne se fait pas au moyen d'un haut-parleur saturé mais en frappant sur un gong, leur mosquée ressemble à un humble temple à toit plat et les femmes négligent souvent le port du voile ou utilisent un simple *krama* enroulé en turban… Ainsi il est possible de traverser O'Russei sans se douter une seconde que c'est ici que bat le cœur de l'une des plus attachantes communautés chames de tout le Cambodge.

En ce jour de février 2013, je reviens à O'Russei. J'y accompagne – insensé privilège – la douce Emiko Stock, jeune chercheuse française dont l'œuvre ethnologique s'édifie avec constance et rigueur, nourrie par des années d'immersion au sein des villages chams des provinces de Kandal et Kampong Chhnang. Je me souviens que son mémoire sur les « représentations identitaires au travers des diagrammes de protection magiques » avait été mon sésame, il y a quelques quinze ans, pour me présenter à la porte de la blanche mosquée d'O'Russei. Depuis, elle poursuit avec empathie et humilité des travaux qui mêlent réflexions sur les identités chames, captations cinématographiques et collecte de documents visuels ou sonores.

Nous quittons Phnom Penh à l'aube, juste assez tôt pour ne pas être engloutis dans les embouteillages des faubourgs nordistes, puis suivons la route nationale N° 5, traversant de monotones paysages de rizières et de prairies inondées où pataugent de musculeux buffles au pelage noiraud. Notre taxi nous dépose au nœud de Sala Lek Pram, un carrefour multiethnique intégralement dédié au commerce de détail, sorte d'îlot populacier où se télescopent boutiques chinoises de téléphonie mobile, salons de beauté vietnamiens et vieilles paysannes chames décapitant des poulets. Comme partout, des cohortes de *motodoup* au teint bistre, casquettes poisseuses vissées sur le crane, attendent leurs clients en fumant des cigarettes bon marché. L'un d'eux, un petit Cham à barbichette, reconnaît Emiko et se propose de nous conduire jusqu'à O'Russei. Le village, peu concentré, s'étire le long d'une piste ornée de cocotiers, tel un lotissement cossu, sauf que les maisons à pilotis ont ici les pieds dans la fange.

Je reconnais bientôt la mosquée du village, puis le modeste pavillon de l'Ong Khnuur Kai Tam, chef traditionnel de la communauté islamique de l'Imam San. Le vieillard sommeille dans son hamac, dépenaillé, la bouche béante. On aurait peine à croire, en le voyant ainsi, avec son tee-shirt usé et son *sarong* douteux, qu'il porte le titre mandarinal d'*oknha* et qu'il est l'un des deux ambassadeurs officiels des Chams auprès de Sa Majesté le roi Sihamoni – le second étant le mufti Sos Kamry, représentant de la majorité sunnite. Prestement réveillé par les exclamations aiguës de son épouse survoltée, le vieux dignitaire nous salue avec chaleur, joignant les deux mains, à la manière bouddhiste. Nous avons à peine le temps de converser qu'une invitation à déjeuner est lancée et une table sommaire préparée par quelques adolescentes sautillantes.

L'Ong Khnuur est un octogénaire chétif au crâne ras et à la voix éteinte mais dont le regard pénétrant et malicieux laisse percevoir un charisme toujours intact. Il nous reçoit sans chichi autour d'un repas frugal et végétarien – œufs brouillés et riz blanc arrosés d'une saumure aux échalotes –, ce qui tombe à pic en ce jour de mercredi des Cendres. Le vieil homme semble, malgré tout, exténué, peut-être même abattu, et j'y vois comme une métaphore de l'état précaire dans lequel se trouve sa petite communauté, estimée à quelques vingt-cinq mille âmes dispersées dans les terres, au sud de la rive droite du Tonle Sap. Deux phénomènes conjoints travaillent en effet à en saper les fondements : la sécularisation et l'exode rural forment ici comme ailleurs une menace pernicieuse pour la singularité identitaire des Chams de l'Imam San, les jeunes générations nourries aux technologies numériques ou installées dans les grandes agglomérations ne se pressant pas pour perpétuer les traditions communautaires léguées par leurs pères. Le prosélytisme sunnite – et la tentation de coller aux standards de l'islam mondialisé – représente un second danger pour les Chams de l'Imam San.

Il est vrai que la singularité de leur hétérodoxie est déroutante, et il suffit peut-être pour s'en convaincre de dérouler la liste des dénominations que les ethnologues leur ont appliqués – noms que les intéressés revendiquent, délaissent ou reprennent à leur compte. Ainsi, selon l'humeur des chercheurs, on a pu les nommer « Chams Champa », « Chams traditionnalistes », « Chams anciens », *Cham sot* (« Chams purs »), *Kaum Jamaat* (« Groupe du Vendredi ») ou « Chams Jahed »… Chacun de ces noms possède une certaine pertinence : oui, les Chams de l'Imam San se réfèrent sans cesse à la terre du Champa, et l'on verra bientôt que des « cérémonies de possession » convoquent les esprits mythologiques de l'ancien royaume hindouisé. En ce sens, on peut comprendre qu'ils se considèrent comme les tenants de la « tradition » chame, une tradition forcément « ancienne » ou « pure », en opposition frontale avec les prédicateurs sunnites et les « réformateurs » islamistes qui se font un point d'honneur de dénoncer ce vieux substrat animiste. Le surnom de «Groupe du Vendredi» tient à une étonnante particularité : les Chams de l'Imam San refusent en effet la pratique de la quintuple prière quotidienne, lui préférant un seul office hebdomadaire. Fiers de cette singularité – contrevenant au pilier de la *salâh* –, ils désignent les Chams sunnites sous le sobriquet des «cinq fois par jour»... Le terme de «Jahed», quant à lui, reste plus mystérieux : est-il issu du mot cham *zahed*, qui signifie «ascète», ou s'agit-il d'une déformation de l'arabe *jahad*, terme par lequel certains «orthodoxes» désignent les musulmans égarés ?

Quoi qu'il en soit, la dénomination la plus couramment exprimée par ces irréductibles reste la référence enamourée à leur saint patron, l'Imam San, auquel ils vouent un culte ardent. De nombreux mystères demeurent autour de ce personnage, mais c'est toujours plus ou moins la même histoire qui nous est présentée. Voici ce que m'avait conté l'Ong Khnuur lors de ma première visite : l'Imam San vivait sous le règne du roi khmer Ang Duong, au milieu du XIXe siècle ; la rumeur publique prêtait à ce Cham très religieux de grands mérites et une sagesse extraordinaire. Le roi, voulant en avoir le cœur net, convoqua l'énergumène en son palais et, ne faisant pas les choses à moitié, le soumit à un septuple défi. Nous ne connaissons pas le détail de cette ordalie, mais l'intitulé même des «épreuves» nous laisse subodorer qu'elle ne fut pas une partie de plaisir : «Épreuve de l'eau croupie» ;

«Épreuve du métal brûlant»; «Épreuve des fourmis rouges»; «Épreuve des nombres infinis», etc. On sait que la sagesse, la force et la tempérance du Cham impressionnèrent Ang Duong qui ordonna alors qu'on rasât le *stupa* bouddhiste qui ornait l'une des collines de la ville royale d'Oudong et qu'on élevât à sa place une mosquée. Les vieux ascètes chams d'Oudong, ceux-là mêmes que j'ai eu la chance de rencontrer au cours de ma prime promenade dans l'ancienne capitale, continuent au XXIe siècle de lustrer de leurs prières enfiévrées la colline concédée par le souverain khmer.

À en croire l'Ong Khnuur, l'Imam San décida, après avoir ainsi acquis le respect du roi, d'établir sa communauté sur la rive droite du Tonle Sap, non loin de la capitale royale, dans cette vaste plaine que l'on surnomme parfois la vallée des Cent Pagodes. C'est à cette époque, semble-t-il, que le village d'O'Russei est devenu le centre spirituel des dévots de l'Imam San et c'est ici que cette tradition religieuse reste la plus vivace.

Lorsqu'il s'agit d'expliquer les causes de leur singularité communautaire, l'Ong Khnuur n'en démord pas: contrairement à la majorité «orthodoxe» dont les ancêtres auraient été convertis au Cambodge par les Malais, les Chams de l'Imam San auraient embrassé la religion coranique sur la terre du Champa – probablement au XVIIe siècle – et leur exil vers le royaume khmer aurait donc eu lieu beaucoup plus tard. En clair, les Chams «orthodoxes» – c'est-à-dire les sunnites – seraient à la fois les descendants des émigrés de la première heure et des acculturés… D'ailleurs, lorsqu'il veut désigner les Chams «orthodoxes», l'Ong Khnuur utilise parfois le terme de *jvea*, que l'on peut traduire par «Javanais», façon de dire qu'en épousant l'islam malais ceux-là se seraient pour ainsi dire fondus dans la culture des îles d'Insulinde, oubliant l'antique héritage du Champa.

S'il paraît acquis que c'est au Champa et non au Cambodge que les Chams «purs» se seraient convertis à l'islam, il reste un mystère sur les conditions de cette conversion. Certains indices laissent à penser – et c'est une hypothèse exaltante – que cette conversion aurait été inspirée par la présence au Champa de théologiens chiites, peut-être perses ou mésopotamiens. Il suffit pour s'en convaincre de remarquer que les figures d'Ali (le premier *imâm* des chiites), d'Hasan (son fils aîné) et de Hussein (le martyr de Kerbala) occupent une place de choix dans la cosmogonie des Chams «purs». Nombre de fidèles portent d'ailleurs ces prénoms, ce qui ne peut être un hasard.

L'organisation religieuse des Chams «purs» repose sur une hiérarchisation stricte, incluant un «clergé» – comme chez les chiites – et des rites d'initiation. La plupart des pratiques cultuelles ne peuvent être exercées que par une classe d'hommes préalablement initiés aux mystères spirituels de la communauté. On les appelle les *ong chaw*: tout de blanc vêtus, portant un turban immaculé, ceux-ci doivent évidemment se caractériser par une rectitude morale sans tâches, et eux seuls sont admis à pénétrer dans la mosquée. Les femmes, les enfants et les hommes non-initiés, ne pouvant se joindre aux *ong chaw* lors de la grande prière du vendredi – préférée, on l'a dit, à la quintuple prière quotidienne –, se contentent pendant les offices de se regrouper autour du bâtiment, jetant depuis les fenêtres des regards curieux.

Lors de la prière du vendredi, une place de choix est accordée au *zikr*, la répétition rythmique du nom d'Allâh. Les Chams «purs», d'évidence, cumulent aussi les signes extérieurs que l'on prête généralement aux confréries soufies : vénération accordée à un maître tutélaire ; existence de bréviaires mystiques jalousement conservés par les chefs religieux ; stricte cérémonie d'initiation ; primat du *zikr* et du chant cyclique ; ascétisme des gardiens de la colline d'Oudong ; recours fréquent au langage symbolique, à la poésie, aux notions de «vent» et de «souffle», d'«air» et de «vide»... Je me souviens ainsi que le facétieux Ong Lep, poussé dans ses retranchements par mon interprète – un étudiant cham «orthodoxe» – nous assurait qu'il psalmodiait en permanence, jusque dans son sommeil, les noms d'Allâh, de Muhammad et d'Ali, et il ajouta – sans doute pour provoquer gentiment le jeune salafiste – que cela ne lui laissait donc pas le temps de faire les cinq prières quotidiennes...

On comprend que ces débordements d'ésotérisme, couplés au refus de la *salâh*, peuvent heurter les vigies de l'orthodoxie sunnite. Il est vrai aussi que le rapport des Chams «purs» à certains aspects punitifs ou rituels de la *sharî'ah* ne laisse pas de surprendre : ainsi la circoncision des adolescents est ici réduite à une cérémonie symbolique consistant à simuler l'arrachement du prépuce après l'avoir préalablement enduit de quelques gouttes de sang !

La justice coranique, elle aussi, est exercée à O'Russei d'une façon fort magnanime : c'est l'Ong Kai Tet, le facétieux *muezzin* du village, qui est chargé de punir les couples adultérins. Afin d'obéir à la sourate coranique An-Nour – «Administrez à la fornicatrice et au fornicateur cent coups de fouet chacun !» –, l'Ong Kai Tet a une méthode bien rodée : il utilise un «fouet» composé de dix fines lanières de ficelle ; pour administrer les cent coups, il ne doit donc frapper que dix fois… Et là encore, il semblerait que les coups soient prodigués avec une brutalité toute relative… Je me souviens avoir échangé quelques mots avec l'un des «punis» : à l'entendre rire en racontant son supplice, et au vu des clins d'œil complices qu'il échangeait avec Kai Tet, je suis enclin à penser que la peine était restée fort modérée.

Cette anecdote en dit d'ailleurs assez long sur l'état d'esprit des Chams d'O'Russei : leur bonhomie n'a d'égal que le tendre respect qu'ils accordent aux autres communautés humaines. Quand l'Ong Khnuur Kai Tam met en garde contre le fléau de la *fitna* (discorde), il ne pense pas simplement aux divisions qui déchirent l'*Ummah*: son discours est universel et s'adresse aux « croyants du monde entier ». Et si les Chams se révèlent en général fort avenants avec l'étranger, les dévots de l'Imam San repoussent les bornes de l'hospitalité et de la bienveillance.

La fête du Mawlid est l'occasion idoine de faire connaissance avec les Chams d'O'Russei. Comme tous les musulmans, les Chams célèbrent la naissance du Prophète le douze du mois islamique de *Rabî'a al Awal*. Des centaines d'*ong chaw*, vêtus de leurs tuniques immaculées, affluent depuis les villages « hétérodoxes » des provinces de Pursat, Kampong Chhnang ou Battambang et convergent vers la blanche mosquée d'O'Russei. Toute la journée, celle-ci va résonner des chants cycliques entonnés par les *ong chaw*. Les femmes, parées de leurs plus chatoyants atours et enlacées de foulards pailletées, ouvrent la marche, portant d'imposantes sculptures pâtissières finement ciselées, enluminées de papillotes et de festons multicolores. Cette gourmandise rituelle – une sorte de légère gaufre de riz saupoudrée de sucre – est connue sous le nom de *Kah Lasai*. Emiko Stock explique que le *Kah Lasai*, loin d'être une simple pâtisserie, possède avant tout une fonction symbolique : sa composition complexe évoque des formes symbolisant les divinités du Champa mais célèbre aussi le mystère de la naissance. Ainsi, la création du *Kah Lasai* se fonde sur un œuf dur, matrice originelle, puis on ajoute un gâteau en « roue de carrosse » commémorant le jour dit de « la traversée» ou de l'accouchement. Suivent des petites «oreilles» ou des «nez», des «nids d'oiseaux» indispensables puisqu'ils sont les vaisseaux sanguins, et voilà l'essentiel constituant la base de cette composition puissamment symbolique. Emiko ajoute que l'on enrichit ensuite la composition selon le destinataire de l'offrande, les plus grands gâteaux ayant droit aux complexes motifs du Nâga (le cobra mythologique) qui représentant «l'animal qui brûle en nous au début de l'âge adulte et qui nous empêche tant de dormir», ou des côtes humaines qui évoqueraient la beauté féminine, complément de l'énergie masculine du Nâga.

En visitant, en ce mois de février, le village d'O'Russei, nous baignons dans la chance: de nombreux gâteaux préparés lors du dernier Mawlid n'ont pas encore été dégustés et un sac entier nous est offert par des adolescentes hilares. Bien sûr, le bel agencement du *Kah Lasai* nous parvient ici en pièces détachées, mais l'on ne peut qu'admirer la délicatesse des motifs: on reconnaît des entrelacs à trois arêtes, des rosaces à six pétales, des arcs emmêlés, les restes d'un dragon griffu, des heptagrammes. Nimbé de sucre glace et déjà convoité par les fourmis, c'est tout un symbolisme préislamique qui s'offre à ma gloutonnerie. Décidément, au pays de l'Imam San, l'associationnisme a un goût de miel.

V

MÉDIUMS, SACRIFICES ET POSSESSIONS

Sous une lune pleine et rousse. – La nef du Roi des Flots. – Danses & transes. – Le sacrifice du buffle. – Les Maîtres fous.

Certains nourrissent des passions schismatiques, d'autres – j'avoue être de ceux-là – s'émoustillent lorsqu'ils entendent le beau mot d'« hétérodoxie ». N'y-a-t-il pas quelque chose d'exaltant à voir une communauté religieuse s'affranchir du dogme – sans le contester sur le fond – et prendre de saines libertés par rapport aux paradigmes normatifs ? S'il est un pays où l'hétérodoxie n'est pas un vain mot, c'est bien, en tous cas, le royaume du Cambodge.

À l'époque angkorienne, quand vishnouisme, shivaïsme et bouddhisme du Grand Véhicule se partageaient les faveurs des princes, l'art khmer savait fondre en un même mouvement syncrétique des symboles empruntés à des religions par ailleurs concurrentes, voire antagonistes. Mais ces grands courants religieux n'étaient pas autochtones : nés aux Indes, ils avaient déjà dû composer avec des peuplades porteuses de leur propre vision du monde. Le mythe fondateur du Cambodge est à cet égard édifiant, expliquant la naissance du pays des Khmers par l'union d'un brahmane indien et de Somâ, la fille du roi des Nâgas, symbole transparent de la mentalité religieuse khmère qui a su unir à des modèles venus des Indes un substrat animiste autochtone dont la vitalité continue de se manifester sous l'œil plus ou moins conciliant des clergés installés. Le culte des génies locaux – les *neak ta* – et des esprits – les *borameï* – s'organise ainsi sous un vernis bouddhiste, les bonzes et les médiums entretenant des rapports de complémentarité : alors que les religieux bouddhistes enseignent les grandes lois de l'impermanence et du désir malheureux, les médiums répondent à la soif de consolation immédiate des fidèles, tout en veillant à inclure leur magie dans l'écheveau des vertus morales enseignées par le Bouddha.

Si l'on peut donc aisément admettre que le bouddhisme, religion dont on vante souvent la « souplesse », sait générer en lui-même un *modus vivendi* avec des pratiques populaires qui lui sont exogènes, il en est tout autre, on l'imagine, avec l'islam : le *shirk*, c'est-à-dire l'idolâtrie ou la prière accordée à une autre divinité qu'Allâh, est, si l'on en croit la majorité des docteurs en religion, le plus impardonnable des péchés car il offense la profession de foi elle-même : il n'y a pas de divinité hormis Allâh. Associer à l'Unique une ou plusieurs autres divinités, ou même entretenir la vénération d'un saint, c'est nier le *tawhid*, l'unicité de Dieu, dogme parmi les dogmes. La présence charnelle d'une hétérodoxie musulmane au Cambodge est donc plus qu'une étonnante singularité : elle est un miracle dont je ne pouvais décemment ignorer les œuvres.

C'est sous une lune pleine et rousse, un soir de février, qu'Emiko Stock et moi-même sommes conduits à travers un dédale de chemins sablonneux vers une vaste clairière située au sud d'O'Russei. Mais ce soir nous ne risquons pas de croiser l'Ong Khnuur Kai Tam, ni aucun des *imâm* du village : les officiants de cette cérémonie spéciale – ils seront près d'une quarantaine, nous a-t-on dit – appartiennent à la « grande famille » des *cay*, autrement dit ce sont des médiums chams possédés par des esprits, et capables, paraît-il, de venir en aide à des malades eux-mêmes habités par une « puissance ». Je comprends qu'Allâh ne sera pas seul ce soir : Il dansera avec les génies du Champa.

Il s'agit de parachever la guérison d'un jeune Cham originaire de Chrok Romirt, prénommé Ismaël. L'état de santé de l'adolescent a dû être préoccupant car de grands moyens sont mobilisés : les quarante *cay* et les musiciens vont en effet devoir être rétribués et défrayés durant trois jours, à l'issue desquels un buffle vigoureux sera sacrifié. La famille, modeste sans être misérable, a été contrainte de s'endetter auprès d'un usurier chinois afin de couvrir l'ampleur financière de cette cérémonie de possession. Ismaël, âgé d'une vingtaine d'années, n'a rien de charismatique : c'est un grand dadais introverti, tout en gencives et en double menton, dont le regard est évasif, le sourire crispé, la voix livide. Travailleur immigré en Thaïlande et en Malaisie, il a subi des crises nerveuses d'une extrême férocité, à tel point que ses proches ont parfois été obligés de l'entraver. Des escouades de médecins, à Bangkok, Siem Reap ou Phnom Penh, ont tenté de le soigner ou même de simplement déterminer les causes de sa maladie, sans succès : son cas semblait désespéré. C'est alors que d'éminents *cay* d'O'Russei, appelés en dernier recours, se sont penchés sur son cas. Ils ont attesté que le jeune homme était « possédé », à son corps défendant, par un esprit, et qu'il devait maintenant pleinement accepter d'en être le réceptacle et le véhicule. Le jeune homme a miraculeusement recouvré sa santé après avoir consenti au principe de la possession mais seule une cérémonie dûment exécutée, permettant de connaître l'identité de l'esprit, pourra conclure le processus qui, sans cette phase rituelle, déboucherait sur une rechute fatale. À l'issu de sa guérison, Ismaël sera devenu un *cay* et pourra donc lui aussi participer activement à des séances de possession. Ainsi, les quarante *cay* présents ce soir sont tous des « miraculés », atteints de maladies mystérieuses que seules des cérémonies de possession ont su guérir.

Le jour ayant été fixé selon le calendrier lunaire, la cérémonie exige l'érection d'un périmètre sacré obéissant à une tradition dynamique dont les *cay* sont les garants et les innovateurs. En l'occurrence, une «jonque», faite de bambous et de branchages croisés, a été érigée, orientée selon un strict axe est/ouest. Cette jonque immobile et terrestre, qui symbolise la nef du «Roi des Flots», souverain légendaire du Champa, mesure une vingtaine de mètres: la proue est dédiée à l'autel qui se compose d'un matelas surélevé recouvert de draps et de coussins dodus sur lesquels se tiennent le malade, sa mère et les *cay* officiants. Au-dessus de leurs têtes, un large calicot de coton blanc a été déroulé, illuminé par la lumière falote d'une guirlande d'étoiles électriques. Au centre de l'autel s'amoncelle un fatras d'offrandes et d'objets cérémoniaux: le sabre du sacrifice, un fusil en bois, un arc maigrelet, un bâton magique, des écharpes de toutes couleurs, des coupes emplies de bananes naines et de noix de coco, des œufs durs fixés sur un lit de riz cuit, des feuilles de bétel solidairement enroulées à des cigarettes de marque Ara. Enchâssées au cœur de chaque offrande, des bougies fébriles diffusent une lumière intermittente tandis que les fumigations de bois d'aigle partent à l'assaut du ciel. La partie centrale de la jonque est découpée en deux travées symétriques: celle du nord sera offerte à la danse et aux cérémonies ; la travée méridionale sera occupée par les musiciens. Enfin, des arceaux de branches de palmiers élégamment courbées délimitent la poupe de la jonque près de laquelle se tient le « palais royal », un assemblage de quatre poutres formant une plate-forme couronnée par un immense parasol rouge et entourée de trois mats où claquent des drapeaux blancs ou jaunes.

À l'extérieur de la jonque, un jeune buffle gris, promis au sacrifice, rumine avec nonchalance, promenant son museau au dessus d'un brasier. Tout autour de cette nef sacrée, une petite vie villageoise commence à bruisser : quelques barbecues s'allument, des bulots sont plongés dans des marmites frémissantes, des vendeuses itinérantes proposent des jus de fruits, des noix de coco, des criquets grillés. Les jeunes du village arrivent les uns après les autres, et quelques ados branchés, coiffés à la coréenne, courtisent gentiment les filles qui affectent de pouffer d'un air gêné.

L'orchestre s'ébranle peu à peu. Ce sont d'abord les deux joueurs de tambours oblongs qui exécutent quelques motifs syncopés. L'un d'eux, les yeux mi-clos, porte un tee-shirt « Orangina », mais je devine à ses expressions outrées qu'il n'a pas dû s'en tenir aux jus de fruits gazeux. Pendant ce temps, les *cay* disposent des nattes sur le sol, orientées vers l'est. Puis vient le tour du joueur de gong : chaque temps fort est ponctué par un léger coup de maillet, sans qu'aucune fioriture ne vienne briser sa régularité. Puis des enfants viennent s'accroupir devant un demi-tronc de bambou et commencent à battre la mesure, marquant eux aussi chaque temps fort d'un geste sec et brutal. Enfin, le *sralaï* entre en scène : l'instrument est une sorte de hautbois à sept trous qui exige de son interprète qu'il prenne sa respiration de façon circulaire, sans jamais cesser de jouer. La coïncidence rythmique entre l'écho raisonnant du gong et le fracas aride des bambous, alliée aux lignes hypnotiques du *sralaï*, prend vite un tour envoûtant, et les *cay*, imperceptiblement, commencent à se balancer de gauche à droite, les mains jointes.

Les *cay* se regroupent ensuite dans l'espace des psalmodies, face à l'autel, où ils reçoivent les écharpes et les objets rituels préalablement purifiés avec la fumée du bois d'aigle. La plupart de ces médiums sont des femmes et l'on ne compte guère que quatre hommes, le plus jeune ayant une trentaine d'années, le plus âgé se déplaçant avec difficulté. Toutes les femmes se sont couvertes, les anciennes se contentant d'un *krama* cambodgien enroulé négligemment en turban tandis que les plus jeunes lui préfèrent un *hijab* islamique de facture classique. Chaque *cay* porte maintenant les attributs qui correspondent à l'esprit dont il est le véhicule, tous appartenant à la mythologie du royaume du Champa. Ainsi j'observe deux femmes d'une cinquantaine d'années qui miment une dispute ; l'une porte un sabre, l'autre un fusil en bois : elles sont donc respectivement possédées par les esprits Pô Balang Li et Pô Tlim, deux « généraux » légendaires du Roi des Flots. D'autres femmes se sont entièrement recouvertes le visage au moyen de longs voiles colorés cerclés de fils d'argent : elles sont possédées par des « princesses » dont la pudeur doit être respectée. Un homme robuste porte un turban blanc dont deux longs pans s'affalent jusqu'à ses épaules : c'est Pô Laman, l'éléphant sacré ; il marche du reste avec bonhomie, fixe le sol d'un air paisible et concentré. Une vieille femme fripée à l'air revêche, le crâne ceint d'un turban jaunâtre, trace vers le ciel de larges mouvements circulaires au moyen d'une tige de bois : c'est Pô Kun, mandarin du bâton magique, pivot du royaume. Le doyen des *cay*, malgré des rhumatismes qui semblent l'affliger, tient fièrement un étendard de quelques trois mètres de haut : c'est Pô Parang Tok, l'esprit de l'étendard sacré.

Tous se sont approchés du buffle, certains joignent les mains, têtes baissées et yeux clos, tandis que d'autres psalmodient des invocations d'une voix suraiguë. Le pauvre animal, qui n'en demande pas tant, est aspergé d'eau lustrale, soumis à des fumerolles diverses, caressé par les « princesses » et un « général ». Puis c'est l'heure de la procession. Les *cay* entament une triple circumambulation autour de la jonque, dans le sens antisolaire, telle la *tawaf* de La Mecque. Les « généraux » ouvrent la marche, suivis, dans une relative confusion, par les « princesses », les « mandarins », les « étendards », les animaux sacrés, le porteur du Parasol, etc. Devant chacun des points cardinaux, les « généraux » – qui se trouvent tous être de vieilles femmes – se livrent à des simulacres de combats singuliers, entrechoquant leurs attributs guerriers en déclamant une sorte de *haka* en langue chame. Le brave buffle, chaperonné par l'aide-sacrificateur, ferme tranquillement la procession. Celle-ci continue maintenant à l'intérieur de la jonque, toujours dans le sens contraire des aiguilles. Un « général » surexcité frappe dans ses mains et multiplie les louanges envers « Pô Allâh » et « Pô Muhammad ». Tout au long de la soirée, les danses vont s'enchaîner, entrecoupées par des libations d'eau citronnée, des séances de dépôt et de reprise des ornements, des distributions de cigarettes et diverses invocations. Les danses seront tantôt d'une lenteur extrême, tel un madison neurasthénique, tantôt frénétiques, chacun se livrant alors à des tournoiements plus ou moins esthétiques qu'on pourrait, avec un peu d'imagination, relier à des entrechats incohérents, des mouvements de flamenco, des frappes de karaté ou des transes pentecôtistes. Parfois, l'un des *cay* se lance dans une mélopée nasillarde. Un homme, possédé par le guerrier Pô Balang Li, passera la soirée à chanter : toutes dents dehors, souriant immodérément, affichant d'épaisses lunettes de soleil et une écharpe verte, il baguenaude en jouant du poignet, souffle à l'oreille des femmes, se déhanche avec gourmandise, tel un Stevie Wonder cham. Une ancienne, fumant cigarette sur cigarette, joue de son arc malingre et pince les autres médiums en affichant un air sévère. Pendant tout ce temps, le jeune miraculé, l'air absent, est resté assis en tailleur sur l'autel, chaperonné par sa vieille mère et une vénérable *cay* qui enchaînent prières et rites purificatoires.

Vers onze heures du soir, une foule compacte s'est amassée autour de la jonque. L'un des spectateurs attire mon regard : il porte un tee-shirt sur lequel figure un immense visage du Christ stylisé en isohélie ! Une dizaine de jeunes Chams frappent maintenant sur le demi-tronc de bambou tandis que la scansion rythmique s'accélère et monte en intensité. Au son des percussions s'ajoutent les exclamations sauvages des joueurs, galvanisant les *cay* qui accélèrent leurs pas, se bousculent, s'interpellent joyeusement. Le plus jeune des médiums tourne sur lui-même, tel un derviche maladroit, avant de se figer, les bras vers le ciel. Puis soudain la musique s'arrête et les *cay*, à bout de souffle, s'étendent sur l'autel, rassérénés, riant comme des enfants. Sans transition, ou presque, les villageois enfourchent leurs mobylettes et quittent la clairière, tandis que les médiums installent des moustiquaires dans l'enceinte de la jonque. Je me tourne vers l'autel mais le malade et sa famille ont déjà disparu. Quelques musiciens, exténués, se sont collés contre les tambours oblongs et dorment à poings fermés. Le repos nous appelle.

Celui-ci va être de courte durée : dès trois heures du matin, quelques *cay*, encore engourdis, émergent des moustiquaires, lançant des regards flous à travers les filets. Certains s'enfoncent à travers la forêt claire, d'autres se livrent à d'innocentes chamailleries, se massent les lombaires, se recouchent à même le sol. Le jour commence à poindre timidement, et plusieurs *cay* en profitent pour se rincer dans les eaux d'un étang, tandis que des adolescentes allument des feux, tranchent des légumes, étêtent des poissons grillés. Les moustiquaires sont démontées et les *cay* officiants reprennent place sur l'autel. Ismaël refait son apparition, les yeux mi-clos, aspergé d'eau par deux anciennes. Puis le battement des tambours oblongs se fait à nouveau entendre, hésitant, esseulé, et bientôt rejoint par le gong et les coups de bambou. À l'appel du *sralaï*, un premier cercle de danse s'organise, sculpté de mouvements d'abord paresseux, puis plus vifs à mesure que les *cay*, les uns après les autres, pénètrent dans l'écheveau mouvant. La danse se prolonge jusqu'à l'aube – la dernière dans la vie du jeune buffle. Comme la veille au soir, il est lustré, purifié, orné. Les vieilles femmes l'entourent, mains jointes, récitant des prières inaudibles. Le guerrier Pô Balang Li, qui tient fermement le sabre du sacrifice, déclame d'une voix virile une prière dont je ne reconnais que les premiers mots : « Allâh » et « Muhammad ». Si j'en crois Juliette Baccot – aussi connue sous son nom de résistante, Françoise Corrèze –, qui en 1968 avait décrit un sacrifice du buffle à O'Russei, la formule complète est un modèle de syncrétisme islamo-animiste : « Allâh ! Muhammad ! Ô Surga ! Nous te dédions ce buffle ! Kauk et Khang, renouez son corps et ses nerfs ! Ô

Pô Tanih Raja, Esprits de la Terre et des Eaux, acceptez ce buffle que nous vous offrons ! »

L'ensemble des *cay*, suivi par le malade et le buffle tenu en laisse, entame ensuite une marche à travers la forêt claire jusqu'à une parcelle broussailleuse. Plusieurs femmes sanglotent et orientent leurs prières vers le sacrifié. Le *cay* Pô Balang Li creuse un trou profond dans la terre, destiné à recevoir le sang de l'animal, puis disperse en guise d'offrandes des feuilles de bétel et des cigarettes. Les jeunes du village doivent maintenant brider le buffle. Malgré sa vigueur, l'animal est rapidement déséquilibré, prisonnier d'un lasso qui lui lie les jambes arrières. Et tandis qu'il s'effondre dans un nuage de poussière sableuse, une dizaine de jeunes hommes se jettent sur lui pour l'entraver. Pendant ce temps, le *cay* Pô Balang Li aiguise le sabre et le remet solennellement au sacrificateur, un homme de haute stature au regard franc et doux, portant le turban traditionnel des Chams, un *krama* en guise de ceinture et un *sarong* à carreaux. Détail cocasse : sa chemise blanche est à l'effigie du Parti du peuple cambodgien, le parti du Premier ministre. Transporté au-dessus du puits de terre, l'animal est maintenant à la merci du sacrificateur. Le gosier du buffle est à nouveau lustré par l'adjoint et recouvert d'un épais branchage afin d'éviter les giclements d'hémoglobine. Serrant les dents, le sacrificateur plonge le sabre dans la gorge du malheureux bovin qui ne peut qu'émettre un grognement étouffé, ses mâchoires étant comprimées par des liens de rotin. La béance sanguinolente est arrosée à grands eaux par le sacrificateur, tandis que le sang coule en abondance dans le puits.

Tout est consommé : les *cay* retournent vers la jonque et s'accroupissent devant un déjeuner frugal. Les hommes, pendant ce temps, écorchent le cadavre encore chaud du sacrifié et le découpent selon un rituel précis : quarante-quatre morceaux issus de la partie droite de l'animal seront offerts aux *imâm* du village, les quarante-quatre autres cuisinés pour les *cay*. Seul le malade n'a pas le droit d'y goûter. L'après-midi est dédié au festin qui réunit, sans les confondre, ces deux mondes consanguins : les dignitaires musulmans d'O'Russei et les réceptacles humains des esprits du Champa. Au crépuscule, les *imâm* quittent la clairière et une nouvelle cérémonie de possession, similaire à celle de la veille, s'ébranle. Différence notable : l'autel accueille maintenant la tête du buffle, objet de mille attentions. De nouveaux *cay* ont fait leur apparition : il y a des singes sacrés – qui se révèlent, sans surprise, être de sacrés farceurs – et des « chevaux » humains. La nuit, plus lumineuse encore, sera longue, chaleureuse et solennelle.

En quittant l'étrange cérémonie des *cay*, je ne peux m'empêcher de songer aux *Maîtres fous* filmés par Jean Rouch en 1954 au Ghana. Là-bas, dans la lointaine Afrique noire, les membres de la secte des Haouka sont possédés non pas par les mânes de leurs ancêtres mais par les « esprits » du colonisateur : il y a le « lieutenant d'ordonnance », la « femme du docteur », le « secrétaire général » ou le « conducteur de la locomotive »... Quant au « palais du gouverneur », il se trouve symbolisé par quelques planches de bois, tout comme le « palais royal » des Chams. Mais le rituel des Haouka s'apparente à un théâtre de la cruauté que n'aurait pas désavoué Artaud ; on y sacrifie aussi un animal – un chien dont on lape le sang – mais à seule fin de violer un tabou alimentaire majeur. Rien de tel chez les *cay* du Cambodge : la cérémonie de possession se veut cathartique et thérapeutique, comme chez les Haouka, mais elle n'est pas le lieu de la mise en scène d'un désir frénétique. Contrairement aux Haouka – des immigrés nigériens déracinés, « possédés » par leurs anciens maîtres occidentaux –, les *cay* réactivent les mythes fondateurs de leur diaspora, rejouent l'épopée tragique du royaume cham. Ce rituel, d'évidence, échappe à la normativité islamique. Mais à l'instar des Haouka, effrayants durant la possession et apaisés sitôt retournés à leur quotidien, les Chams d'O'Russei y puisent peut-être un équilibre et une sagesse qui les poussent, qui sait, à vénérer l'Unique avec une sincérité redoublée, sans toutefois lui sacrifier la mémoire de leurs héros antiques et la nostalgie de leur terre nourricière.

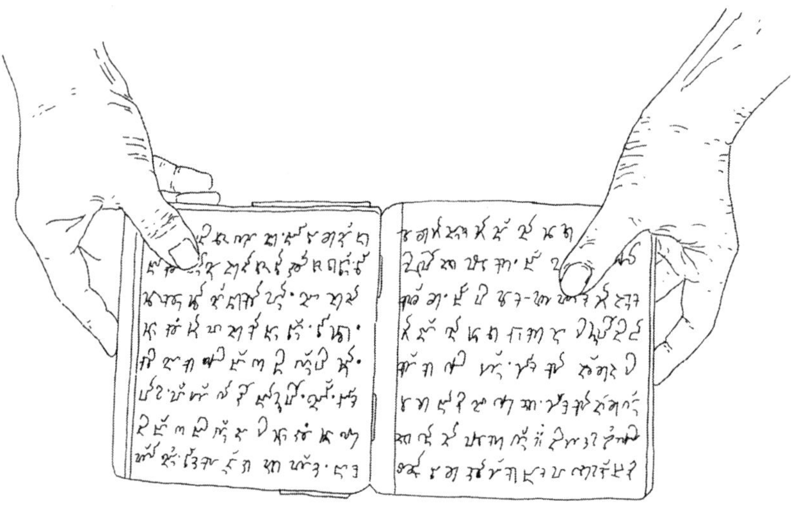

VI

Ô ROYAUME DU PANDURANGA

Sur les traces d'Aymonier. – Un islam (très) insolite. – Symbiose communautaire. – Funérailles brahmanistes. – Rituel des os nobles.

«Dans chacun des sept cantons tchames du Binh-Thuan, il y a des villages musulmans et des villages païens. Les musulmans qui forment le tiers de la population tchame comptent dix à douze cabanes appelées mosquées. Ils élèvent des buffles, des poules, des canards et beaucoup de chèvres. Par superstition, les païens ne se nourrissent pas de bœufs et ces animaux sont rares chez les musulmans. Quoique les païens laïques soient friands de la chair du porc, ils n'élèvent pas ces animaux, pas plus que les musulmans qui conservent pour l'animal impur toute l'horreur des bons sectateurs de Mahomet.»

Voici en quels termes Étienne Aymonier décrivait les Chams du Viêt Nam dans un exaltant récit publié en 1891. Fils de bergers savoyards, diplômé de Saint-Cyr,

Étienne Aymonier appartenait à cette génération d'aventuriers coloniaux capables d'éprouver deux passions jugées alors compatibles : l'étude enamourée des populations autochtones et la défense sourcilleuse de la « mission civilisatrice » de la France. Il débarque en 1869 sur les côtes indochinoises comme officier de marine et apprend aussitôt la langue khmère : « L'étude de la langue dans ces pays nouveaux pour nous était une forme naturelle de l'action », écrit-il dans ses *Mémoires*. Il publie bientôt plusieurs rapports ethnographiques sur les Khmers et les minorités du Viêt Nam, s'entichant des Chams qu'il rêve d'encadrer afin de faire contrepoids aux Annamites. Épousant, si je puis dire, son sujet, il entre en concubinage avec une princesse chame qui aura la générosité de lui offrir une descendance métissée. Repéré par les spécialistes des études védiques, il effectue à partir de 1885 la première observation d'envergure sur les Chams du Panduranga. *Les Tchames et leurs religions*, publié chez l'éditeur Ernest Leroux, forme la synthèse de ses travaux.

Il est exaltant, en relisant aujourd'hui cette étude, de constater que bon nombre des observations faites par Aymonier chez les Chams du Panduranga au XIXe siècle gardent toute leur pertinence. Ces derniers, ne l'oublions pas, sont les seuls Chams à demeurer encore aujourd'hui sur les terres historiques de l'ancien royaume du Champa. Le Panduranga, qui était la plus sudiste des principautés chames, fut la dernière à tomber – en 1832 – dans l'escarcelle du Dai Viêt. Inutile de chercher des Chams dans les autres territoires de l'ancien Champa. Là-bas, tout a été méticuleusement digéré par les fils d'Annam. Les amateurs de briques antiques trouveront dans les territoires du nord quelques superbes monuments shivaïtes disséminés ici et là, mais de Chams il n'est plus question. Bref, s'il est un lieu où l'on peut encore toucher du doigt des Chams ayant, collée à leurs tongs, la terre foulée par leurs glorieux ancêtres, c'est au Panduranga qu'il faut se rendre.

Ces Chams historiques sont cependant aujourd'hui ultra-minoritaires dans les provinces vietnamiennes du Ninh Thuận et du Bình Thuận – actuelles désignations des terres de l'ancienne principauté du Panduranga – où ils ne doivent guère former plus de 3 % de la population. Partir à la rencontre des Chams du Panduranga, c'est donc un peu comme vouloir croiser des Arméniens en Anatolie, des Séminoles à Miami ou des juifs dans la voïvodie de Lublin...

Minoritaires sur leurs anciennes terres, les Chams du Panduranga sont aussi divisés, comme l'observait déjà Aymonier, en deux communautés distinctes : ceux qu'il appelait les « païens laïques » forment une petite communauté de quelques quarante mille villageois qui ont la particularité de ne pas s'être convertis, même superficiellement, à l'islam. Par commodité, on a pu dire qu'ils étaient hindouistes, mais c'est un hindouisme dans lequel un shivaïte orthodoxe aurait du mal à retrouver son panthéon. On peut dire, sans trop se tromper, qu'ils se rattachent au « brahmanisme ».

Les musulmans, quant à eux, sont environ vingt mille et sont appelés « Chams Banî », nom formé à partir de l'arabe *beni*, « fils (du Prophète) ». Probablement convertis à l'islam au XVIe ou au XVIIe siècle, ils sont évidemment très proches des Chams cambodgiens d'O'Russei – les « purs » dévots de l'Imam San –, ces derniers formant en quelque sorte un rameau exilé en pays khmer. Mais l'hétérodoxie des Chams Banî du Viêt Nam est plus déroutante encore que celle de leurs frères émigrés au Cambodge, et ceci pour une raison évidente : si les Chams « hétérodoxes » du Cambodge ont dû apprendre à composer avec la majorité sunnite (qui n'hésite jamais à leur rappeler la bonne parole), les Chams Banî du Viêt Nam cherchent avant tout à tisser des relations de bonne entente avec leurs congénères brahmanistes. Et s'ils s'affirment pleinement musulmans, ils se considèrent aussi comme les dignes héritiers du Champa hindouiste, mêlant références islamiques et symbolismes indiens. Ils entretiennent donc avec les « païens » des liens très étroits, consanguins, allant jusqu'à participer – scandale parmi les scandales ! – à des cérémonies religieuses communes.

Pour avoir une chance de rencontrer les Chams du Panduranga, il faut commencer par débarquer à Phan Rang Tháp Chàm, capitale administrative de la province du Ninh Thuận. Cerclée de plages de sable rouge, de marais salants et de collines arides offertes à la culture de la vigne et du tabac, Phan Rang Tháp Chàm est une tranquille cité balnéaire écrasée par la chaleur et la poussière. Dispersés dans les périphéries de l'agglomération, les villages chams sont rarement homogènes: Viêt et Chinois se mêlent aux Chams, incitant ces derniers à valoriser leur singularité ethnique et donc à relativiser la division entre musulmans et brahmanistes. Dans certains villages, les Chams Banî doivent aussi composer avec des Chams sunnites orthodoxes, mais cela reste encore marginal.

À Phu Nhan, brahmanistes et Chams Banî cohabitent dans la plus parfaite harmonie. C'est d'ailleurs là-bas qu'un mototaxi, un jeune Banî anglophone, se proposera de m'emmener à travers les villages chams de la province du Ninh Thuận. La randonnée concentrique durera cinq jours, passera par Huu Duc, Phuoc Nhon, Vu Bôn et je ne sais combien de bourgades perdues dans les collines. Et chaque jour, je me verrai proposer de partager la demeure d'un gentil notable, et chaque soir ce sera un repas frugal et joyeux, agrémenté par les chants des anciens et les taquineries des jeunes. Le plus fascinant, en ces cinq jours compacts, sera l'indicible connivence liant les Banî et les brahmanistes.

Les Banî, bien sûr, ressemblent un peu aux Chams «purs» d'O'Russei et aux ascètes d'Oudong: comme eux, ils refusent la quintuple prière quotidienne, se contentant selon les villages d'une prière hebdomadaire ou mensuelle à laquelle ne participent d'ailleurs que les «initiés», les *achar*. Mais l'hétérodoxie des Banî prend des formes tellement déroutantes qu'il n'est pas déplacé de parler d'un «islam insolite» – titre du passionnant film documentaire qu'Agnès De Féo a justement consacré aux chams musulmans du Panduranga.

Les mosquées, ainsi, valent le coup d'œil: sur leurs murs, mêlés à des symboles arabes, on surprend des dragons chinois, le Yin et le Yang de la tradition taoïste ou des svastikas dorées. Les cérémonies du Ramadan, qu'Agnès de Féo a filmées, ne laissent pas non plus de surprendre: tandis que les *achar* arborent d'étranges toques circulaires et des petits sacs symbolisant leurs trois champions spirituels (Allâh, Mohammad et Abraham), les femmes, têtes dénudées, prient en se prosternant sur le sol, telles des Tibétaines bouddhistes… J'apprendrai aussi que les Chams Banî «ordinaires» ne pratiquent pas le jeûne du Ramadan, celui-ci étant réservé aux seuls *achar*… L'existence d'un clergé et les références à des figures musulmanes bien particulières semblent prouver que l'hypothèse d'une conversion par des prédicateurs chiites est assez probable. Le révérend-père Durand, un missionnaire français, l'évoquait d'ailleurs au début du XXe siècle: «Tandis que les Chams du Cambodge, en correspondance religieuse avec les Arabes de Java et les pèlerins de La Mecque, doivent être plus ou moins sunnites, il semble bien près de la vérité d'admettre que l'islamisme des Chams de l'Annam soit plus ou moins chiite, comme celui que professent les musulmans de l'Inde et de l'Iran. Dans l'*Histoire de la Grande Déesse*, Hassan et le martyr Hosaïn, les deux fils d'Ali, le gendre chéri du Prophète, évincé du khalifat par les intrigues et l'ambition d'Abou-Bekr et de ses successeurs, sont tous deux mis à une place d'honneur incomparable.» Il serait pourtant hasardeux de vouloir intégrer les Banî au sein du courant chiite de l'Islam: à l'instar des Druzes libanais, ils forment une hétérodoxie singulière et irréductible.

Le rôle majeur des femmes dans l'organisation sociale et patrimoniale est une autre étonnante singularité de l'islam Banî. Ainsi, la matrilinéarité[1] est de mise chez les musulmans du Panduranga, ce qui demeure exceptionnel en contexte islamique. Certes, il demeure encore des traces de matrilinéarité chez certaines tribus du Darfour ou chez les Makwas du Mozambique, mais l'Islam reste avant tout une civilisation patriarcale. Chez les Banî, tout au contraire, l'héritage passe directement de la mère de famille vers ses filles, les enfants mâles étant d'office déshérités! Lorsqu'il prend une épouse – ou qu'il est pris par elle – le jeune marié doit aussi aller vivre sous le toit de sa belle-famille, cette dernière, belle-mère en tête, imposant alors sa loi sur l'impétrant. Et si les jeunes

1. Système de filiation dans lequel chacun relève du lignage de sa mère. Cela signifie que la transmission, par héritage, de la propriété, des noms de famille et titres passe par le lignage féminin. (N.d.É.)

mariés décident de fonder un foyer et de bâtir une maison, l'homme a intérêt à ne pas subir un divorce car il serait alors assuré de tout perdre, son bien comme sa progéniture… Cette primauté de la femme Banî se poursuit jusqu'au cimetière, l'homme n'étant pas enterré près de ses enfants mais au coté de sa mère, ce qui signifie que ce sont finalement les femmes qui dominent les lignées « dynastiques ». En conséquence, et contrairement à tous ces pays d'Asie – Chine et Inde en tête – où l'avortement sélectif vise principalement les fœtus de sexe féminin, les filles ont chez les Banî la préférence des familles.

Dans l'ordre du religieux, la féminité occupe également une place de choix. Ainsi, Po Nagar, la Déesse-Mère des Chams, est vénérée à la fois par les brahmanistes et les Banî. Ces derniers osent même affirmer que l'univers manifesté est le fruit d'une co-création d'un principe masculin, Allâh, et d'un principe féminin, Po Nagar… Quant à Ève, Mère de tous les humains, elle est évidemment chez les Banî l'objet d'une intense adoration.

Le principe de la complémentarité des éléments primordiaux – que le taoïsme a exprimé de la plus merveilleuse façon – prend chez les Chams du Panduranga une forme singulière : car c'est bien sous les aspects de la complémentarité que brahmanistes et Banî communient symboliquement entre eux. Dans son film documentaire, Agnès De Féo a parfaitement détaillé cette symbiose communautaire, rappelant que les Chams brahmanistes s'identifient au principe masculin, à l'astre solaire, à la partie supérieure du corps, au chiffre 3 et au ciel, tandis que les Banî s'identifient au principe féminin, à l'astre lunaire, à la partie inférieure du corps, au chiffre 6 et à la terre. Vêtus de blanc, les dignitaires brahmanistes rappellent la couleur de la semence masculine; arborant le rouge, les *achar* exhibent le symbole de la fertilité féminine. Incinérés, les brahmanistes rejoignent le ciel, mêlés au feu et à l'air; enterrés, les Banî descendent sous la terre, royaume de Po Nagar. L'«association» des Chams brahmanistes et des Chams musulmans forme ainsi un couple primordial, une unité à la fois ethnique et cosmique, l'harmonie et la plénitude étant symbolisées dans le chiffre 9, addition du 6 et du 3. On notera que cette symbolique des nombres correspond d'ailleurs exactement aux données démographiques, les brahmanistes étant deux fois plus nombreux que les Banî...

Si l'on en revient à la fameuse abscisse islam/Champa, force est donc d'admettre que les Chams Banî penchent, et sévèrement, du coté du Champa. Loin de se reconnaître dans l'amas mondialisé d'une «communauté musulmane» coupée de toute racine ethnique, les Banî s'identifient, au-delà des vicissitudes historiques ou cultuelles, dans une «terre du Champa» dont ils sont, n'en déplaise à certains, les ultimes héritiers.

***

Il est toujours exaltant de s'intéresser à la façon dont les hommes ritualisent la mort. Les monothéistes, on le sait, préfèrent l'inhumation des défunts, et si la crémation est tolérée chez les catholiques et courante chez les protestants, elle est strictement prohibée chez les chrétiens orthodoxes, les juifs et plus encore dans l'aire islamique où la tradition exige aussi que les corps soient orientés vers La Mecque. Au contraire, le feu purificateur est le pilier fondamental du rite funéraire chez les hindous, les sikhs et les bouddhistes.

Étienne Aymonier ne s'y était pas trompé, notant une différence radicale entre les traditions funéraires des deux communautés chames du Panduranga, les musulmans enterrant les cadavres dès le premier jour, les brahmanistes le laissant pourrir à l'air libre avant de l'incinérer. Cette distinction est à ce point importante que les brahmanistes se désignent parfois eux-mêmes sous le nom de « Chams Chuh » – de *ndam chuh*, « crémation ».

À la fin de 1884, Aymonier assiste aux funérailles d'une Chame d'assez haute condition, fille d'un notable de Phan Rang. Voici ce qu'il observe : un hangar a été élevé dans la demeure familiale ; le cadavre de la défunte, déposé sur une estrade en treillis de bambou élevée à un empan au-dessus du sol, a été recouvert de plusieurs couches de cotons blancs qui ont fini par lui donner l'aspect d'une sorte de chrysalide, la tête seule restant dégagée. À partir de ce moment, les proches et les prêtres vont se relayer autour du corps en voie de putréfaction afin de l'honorer et le divertir : des festins et des rafraîchissements sont présentés au cadavre, on entoure le lieu d'objets rutilants, on plaisante, on baguenaude et l'on fait vibrer violons et cymbales.

Le révérend-père Durand, missionnaire apostolique au Viêt Nam, a vu, quelques années après Aymonier, le même spectacle : «Pendant toute cette longue veillée du mort, les parents et les amis s'étaient succédés et les pierres du foyer ne s'étaient jamais refroidies sous les victuailles sans cesse renouvelées. Le thé aromatisé avait circulé dans des tasses minuscules, ainsi que les cigarettes roulées en pointe, le pot à chaux en faïence, les demi-feuilles de bétel et les quarts de noix d'arec. Tour à tour, les larmes et le vin d'alak avaient coulé et, devant la *pajav* aux extases intermittentes et les pleureuses à gages, les *basaih* avaient journellement accompli les rites funèbres prescrits par le rituel.»

Autour du cadavre, la fête doit battre son plein, mais chez soi l'on doit se recueillir dans le silence, le jeûne et la contrition. Cette étrange fête peut durer plusieurs semaines, jusqu'à ce qu'un «jour faste» du calendrier cham commande alors de livrer le corps aux flammes du bûcher. Le défunt, ou plutôt ce qu'il en reste, est déposé sur un catafalque monumental orné de figures d'oies sacrées, de perroquets et de dragons. Celui-ci est porté par les hommes qui le font doucement tournoyer sur lui-même, tandis que les processionnaires marchent lentement vers le lieu de la crémation. Les prêtres vont alors ôter les bandages, montrant le cadavre dans un état de décomposition avancée, « spectacle hideux à soulever le cœur d'un étranger » avoue Aymonier.

On embrase ensuite le catafalque, nourrissant le brasier avec les objets personnels du défunt, robes, étoffes, bijoux. Les villageois profitent de la cérémonie pour satisfaire leurs propres disparus, livrant au feu des paniers emplis de vivres et de cadeaux. Afin que ces convoyages extraterrestres puissent s'effectuer sans erreur, des listes manuscrites indiquant scrupuleusement le détail des dons et l'identité des destinataires sont aussi jetées dans le brasier.

On aurait tort de croire que ces pratiques appartiennent à un lointain passé. Elles étaient la règle chez les Chams brahmanistes jusqu'en 1975, date à laquelle les communistes vietnamiens ont parachevé l'établissement de leur dictature. Dans un double souci de prophylaxie et de lutte contre les « superstitions », les Chams sont depuis incités à suivre une nouvelle procédure : les morts doivent être enterrés pendant deux ans au moins, après quoi il est permis de déterrer les ossements afin qu'une cérémonie de crémation puisse être célébrée autour d'eux. Agnès De Féo fait partie des très rares personnes à avoir eu l'idée et l'autorisation de filmer une cérémonie de « transformation du corps mort ». À l'aube du 15 avril 2009, les ossements d'un Cham du village de Huu Duc, décédé cinq ans auparavant, sont donc déterrés par ses proches. Le squelette est reconstitué, habillé de sous-vêtements et de chemises, puis recouvert d'un linceul blanc noué par trois solides liens. Une armature en bambou est placée autour de ce puzzle d'os et ornée de vêtements d'apparat. L'ensemble doit être bombé, afin de lui donner la physionomie d'une femme enceinte, symbole d'une future renaissance. Comme dans les descriptions d'Aymonier, chacun des proches du défunt doit faire montre de générosité, et tout doit être sacrifié à son bon plaisir. Quelques jours passent, puis le catafalque est conduit vers un champ, porté par hommes et femmes qui le font tournoyer sur lui-même. Agnès De Féo explique la raison de cet étrange manège : les morts, parfois, sont nostalgiques de leur existence et de ses plaisirs, il s'agit donc de donner le tournis au défunt afin de confondre son sens de l'orientation et l'empêcher ainsi de retourner vers son domicile terrestre. Le brasier est encore l'occasion d'un petit potlatch : vêtements, sachets de soupes instantanées, whisky vietnamien, saumure de poisson, etc. sont offerts aux flammes. Les objets de valeur, par contre, sont simplement exposés aux fumées, manœuvre suffisante pour qu'ils puissent accompagner le défunt vers l'au-delà.

Aymonier observait qu'un brahmane, après la crémation, fracassait le crâne du défunt et recueillait neufs fragments des os frontaux qui étaient lavés et disposés en carré. Ce rituel, dit de « purification des os nobles », est toujours pratiqué chez les Chams brahmanistes. Les neuf fragments sont introduits, selon un ordre précis, dans un réceptacle en bronze qui, enterré au pied d'un arbre, sera régulièrement déterré à l'occasion des cérémonies d'anniversaire. La septième de ces cérémonies est aussi la dernière : on enterre alors définitivement le réceptacle sous une demi-sphère en pierre. Le mort, enfin, peut rejoindre le monde des ancêtres, là où le Champa ne connaît plus frontières, défaites ni divisions.

VII

SOUS LE SOLEIL DE POL POT

Chams et juifs, même combat ? – La révolution polpotiste. – Soulèvements et massacres. – Un film nommé Cham. *– L'homme du lac.*

Il est assez courant – et toujours cocasse – d'entendre les militants du Champa comparer le sort de leur peuple à celui des juifs. Quelques Chams, en effet, continuent de nourrir l'insensé espoir de reconquérir les anciennes terres du Champa pour y établir, un demi-millénaire après la chute de Vijayapura, une sorte de « foyer national cham ». Espoir insensé, sans nul doute, car dans les provinces vietnamiennes du Bình Thuận ou du Ninh Thuận les Chams ne forment guère qu'une communauté de quelques dizaines de milliers d'âmes noyées au milieu d'un million cinq cent mille Viêt. Certains, pourtant, en rêvent encore. Agnès De Féo, dans son mémoire d'ethnologie, raconte ainsi qu'un chef cham de Phum Roka, dans la province de Kampong Cham, assimile le Champa à la Terre promise, et avoue espérer pour les siens «la même issue qu'Israël». Un certain Soh Pen, ancien activiste du FULRO (une guérilla chamo-aborigène des années 1960-1970 dirigée contre les communistes vietnamiens), plaide quant à lui pour la solidarité des Chams et des juifs, «tous deux victimes d'un vol de leur territoire» (les Palestiniens apprécieront le raccourci historique). Enfin, je me souviens de ce Cham de France dont le rêve ardent était de fonder une revue nationaliste dont le titre aurait été… *L'An prochain à Vijaya* !

Mais les quelques militants du Champa – pour la plupart de fringants sexagénaires réfugiés aux États-Unis – ne disposent pas d'un Theodor Herzl non plus que d'un Edmond de Rothschild pour appuyer leur cause, et il est bien déraisonnable de croire que la République socialiste du Viêt Nam pourrait un jour se voir opposer une sorte de Déclaration Balfour l'obligeant à établir un foyer de peuplement cham sur son littoral. Une fois encore, écoutons l'Ong Khnuur Kai Tam : «Le Champa est mort, sauf en nos cœurs.»

***

Si des Chams filent la comparaison avec l'espérance messianique des sionistes, il en est d'autres qui assimilent le sort des musulmans cambodgiens sous Pol Pot à celui des ashkénazes persécutés par le Troisième Reich. Il est vrai que sous le joug de l'Angkar révolutionnaire, on ne pouvait impunément être croyant, monothéiste et minoritaire, et il ne fait guère de doute que les musulmans ont été les victimes prioritaires de la politique d'athéisme radical mise en place par les Khmers rouges.

Arrêtons-nous un instant sur ces années sombres, et déroulons le fil des événements qui vont porter Pol Pot et ses hommes au pouvoir : le royaume du Cambodge a longtemps été un protectorat français, membre de la Confédération indochinoise avec le Laos, la Cochinchine, l'Annam et le Tonkin. Intégré dès 1863 à l'Empire colonial, ce qui lui évitera au passage d'être digéré par ses gourmands voisins thaïlandais et vietnamien, le Cambodge devient formellement indépendant en 1953. Fait remarquable, l'émancipation du pays, négociée par le roi Norodom Sihanouk, est un divorce à l'amiable : pas une goutte de sang français ou khmer n'est versée. Les années qui suivent l'indépendance sont dominées par Norodom Sihanouk qui abdique au bénéfice de son père afin de disposer d'une plus grande marge de liberté, puis fonde le *Sangkum Réastr Niyum*, un mouvement « socialiste bouddhique » qui va dominer la vie du royaume jusqu'en 1970. Cette période du *Sangkum* sera souvent présentée comme une sorte d'âge d'or cambodgien, bercé par les chansons sirupeuses de Sin Sisamouth, magnifié par l'architecture de Vann Molyvann et chapeauté par l'autoritarisme débonnaire de « Monseigneur Papa » Sihanouk.

Mais le monde vit aussi à l'heure de la guerre froide, et quatre belliqueux régimes impérialistes – vietnamien, américain, soviétique, chinois – avancent leurs pions pour peser sur le destin de l'Asie du Sud-Est. Après la défaite de Diên Biên Phu en 1954 et le départ des troupes françaises, le Viêt Nam s'était scindé en deux entités ennemies, dictature communiste au nord du 17e parallèle et autocratie occidentaliste au sud. Dès la fin des années 1950, le Sud-Viêt Nam voit s'élever contre lui une guérilla communiste, le Viêt-Công[1], soutenue par le Nord-Viêt Nam, la Chine maoïste et l'Union soviétique. Les Américains, soucieux d'endiguer l'impérialisme rouge, s'engagent de plus en plus massivement dans la région.

Dans un tel contexte, Norodom Sihanouk doit jouer serré. Fidèle à une politique de « neutralité active » hostile à l'impérialisme américain, il accepte dans un premier temps, en 1963, que les combattants du Viêt-Công puissent trouver un refuge temporaire sur le sol cambodgien. Il espère ainsi s'attirer les bonnes grâces de son puissant voisin nord-vietnamien et couper l'herbe sous le pied des communistes cambodgiens (ces derniers étant par lui rebaptisés « Khmers rouges »).

1. Front national de libération du Sud-Viêt Nam (FNL), également désigné sous le nom de Viêt-Công (dénomination péjorative initialement utilisée par ses adversaires), force armée vietnamienne d'inspiration nationaliste et communiste dont l'objectif était de réaliser l'indépendance et l'unité du Viêt Nam, sous la bannière du régime communiste de Hô Chi Minh. (N.d.É.)

Mais le scénario tourne au cauchemar : les combattants vietnamiens commencent à administrer les zones cambodgiennes dans lesquelles ils ont trouvé refuge ; le lobby pro-américain de Phnom Penh crie à la trahison tandis que les Khmers rouges, pourchassés par la police royale, prennent le maquis. En 1968, Norodom Sihanouk, par un de ces coups de théâtre dont il a le secret, change de stratégie : inquiet de la progression des guérillas communistes indochinoises et effrayé par l'ampleur de la « Révolution culturelle » en Chine, il autorise les Américains à s'engager sur le territoire cambodgien dans une *hot pursuit* contre le Viêt-Công. Mais les Américains, en guise de « poursuites », déploient leurs B52 : un déferlement de bombes s'abat sur la forêt et les villages cambodgiens supposés accueillir les maquisards vietnamiens. Les estimations les plus basses font état de plus de cinq cent mille tonnes de bombes larguées sur le Cambodge, tandis que d'autres spécialistes parlent de plus de deux millions de tonnes, et l'historien Earl Tilford affirme que le Cambodge détient le record du pays le plus bombardé dans l'histoire des guerres aériennes... On sait, en tous cas, que des dizaines (des centaines ?) de milliers de Cambodgiens mourront à cause de ces bombardements ordonnés par le gouvernement Nixon-Kissinger.

C'est dans ce contexte de tension extrême que la situation bascule. Le 18 mars 1970, profitant d'un voyage de Norodom Sihanouk à l'étranger, un gouvernement pro-américain proclame sa destitution.

Le prince déchu, dès lors, ne poursuit qu'un objectif: renverser cette «clique de traîtres à la solde des impérialistes américains». Norodom Sihanouk crée le FUNK (Front uni national khmer), intégrant tous les éléments «anti-impérialistes» y compris les Khmers rouges (désormais soutenus par la Chine maoïste). Les communistes cambodgiens ont beau jeu, alors, de se présenter auprès des paysans traumatisés par les bombardements comme les soldats de «Monseigneur Papa»! Le prince pense que «la victoire des Khmers rouges sera la [sienne], celle de l'indépendance cambodgienne sur l'impérialisme et ses hommes de main.» Funeste erreur. Les Khmers rouges enchaînent victoire sur victoire, bousculent les forces gouvernementales et «libèrent» Phnom Penh le 17 avril 1975, déchaînant au passage l'enthousiasme de la gauche française. Le lendemain, les hommes en pyjama noir commencent à déporter l'entière population de Phnom Penh. Les ennemis de Sihanouk sont vaincus mais celui-ci ne recouvre pas le pouvoir. La guerre est terminée: le cauchemar totalitaire du «Kampuchéa démocratique» peut commencer. La «paix», en définitive, sera plus terrible que la guerre.

***

Le programme politique des Khmers rouges est à la fois *radical* et *extrême*. Radical en ce sens que Pol Pot – formé, comme la plupart des cadres khmers rouges, à l'école du Parti communiste français – veut agir à la *racine* et supprimer chacune des causes supposées de l'«instinct de propriété», y compris les plus intimes. Doivent donc être éradiqués l'argent, la marchandise, la religion, les communautés ethniques, l'individualité, la ville, le divertissement, le «sentimentalisme familial»... À programme radical, mesures extrêmes: l'élimination du «capitalisme» – confondu avec l'ancien régime honni – et de ses causes doit intervenir immédiatement et sans qu'aucune clémence ne puisse être accordée à qui que ce soit. L'évacuation forcée des deux millions d'habitants de Phnom Penh – malades, vieillards et impotents compris – vers les camps de travail, effectuée en quelques jours au prix de souffrances indicibles, prouve que l'empressement révolutionnaire des Khmers rouges était total.

Pol Pot commence par diviser le peuple cambodgien en deux catégories: les paysans khmers les plus démunis et les chasseurs-cueilleurs des hauts-plateaux, sensés incarner la pureté prolétarienne, ont le privilège d'appartenir au *peuple de base*. Les citadins, les réfugiés, les commerçants, les artisans, etc. forment quant à eux le *peuple nouveau*, promis à la mort ou la rééducation. Tandis que tous les Cambodgiens sont soumis à l'esclavage d'État et à la famine – le travail de la terre étant censé «laver» le *peuple nouveau* de ses vices passés –, des pans entiers de la société sont physiquement éliminés: les Khmers rouges commencent par assassiner les fonctionnaires et les soldats de l'ancien régime, les opposants politiques, les élites religieuses (bonzes, *imâm* ou prêtres) ; dans un second temps, il s'agit de se débarrasser des « sous-capitalistes », c'est-à-dire des polyglottes, des artistes et des diplômés (y compris les médecins, les infirmières, les ingénieurs, etc.). Les « propriétaires » des campagnes sont ensuite eux aussi éliminés, et qu'importe si la plupart n'ont comme propriété que quelques poules et une cabane en bois… Les meurtres de masse vont toucher aussi les Khmers rouges eux-mêmes : les purges successives, gigantesques à partir de 1976, conduisent des dizaines de milliers de communistes cambodgiens – ainsi que leur famille ou leurs connaissances – dans des centres de torture d'où aucun ne sort vivant. Enfin, dès le mitan de l'année 1977, les tensions s'exacerbent entre le Cambodge prochinois et le Viêt Nam prosoviétique : ce sont cette fois les populations frontalières de l'est et les *yuon* (les Vietnamiens) qui sont l'objet de massacres « préventifs ». C'est dans ce contexte de l'année 1978 que les Chams du Mékong connaîtront les pires tourments.

Le 7 janvier 1979, au terme d'une guerre éclair, les troupes vietnamiennes entrent dans Phnom Penh et imposent un gouvernement acquis au Viêt Nam. Les Khmers rouges, vaincus et repoussés vers l'ouest, administreront encore des régions entières du Cambodge pendant une vingtaine d'années. Au final, le régime de Pol Pot aura duré « trois ans, huit mois et vingt jours» et provoqué la mort d'environ un million sept cent mille individus.

***

Au sein de la terrifique équation polpotiste, la question des Chams reste l'objet de lourdes interrogations. On sait, et c'est acquis, que les Chams du Mékong ont été l'objet de déportations massives visant à briser leurs liens communautaires; on sait que les mosquées ont été rasées, les livres coraniques profanés, les femmes dévoilées; on sait que la quasi-totalité des muftis, *imâm*, *hajji* et instituteurs coraniques ont été liquidés; on sait aussi que dans les dernières mois du régime les populations chames vivant dans les villages frontaliers ont été méthodiquement massacrées. Mais peut-on, pour autant, parler d'une politique délibérée d'éradication de l'entière population chame?

Dès 1979, il se trouve des Chams pour affirmer – sans preuve ni démonstration – l'existence d'un «génocide cham» planifié et mis en place par les Khmers rouges. La thèse du génocide est alors avant tout politique, propagée par le nouveau gouvernement cambodgien mis en place par le régime communiste du Viêt Nam, ce dernier ayant beau jeu de se présenter comme le légitime sauveur d'un peuple cham promis à l'extermination par la «clique Pol Pot». Au milieu des années 1980, un fascicule mémoriel est d'ailleurs publié en plusieurs langues, signé à la fois par des politiciens chams et des huiles gouvernementales : on y trouve les témoignages de quelques élites musulmanes qui détaillent la réalité des massacres tout en se perdant en remerciements enfiévrés à l'égard du gouvernement provietnamien.

Mais c'est de la Yale University que viendra, en 1996, le premier travail universitaire d'envergure consacré à la question du « génocide cham » : dans son livre *The Pol Pot Regime: Race, Power and Genocide in Cambodia under the Khmer Rouge*, le professeur australien Ben Kiernan s'intéresse à la composante raciste de l'idéologie polpotiste, avançant l'idée que cette dernière serait un mélange de terreur stalinienne, de progressisme maoïste et de propagande exaltée de la « race khmère ». Ainsi, observe Kiernan, les Chams, y compris les plus pauvres, n'ont pas eu le droit d'appartenir à la catégorie du *peuple de base*, ces élus de la révolution. On peut dès lors s'interroger : les Chams ont-ils été « déchus » pour des motifs de classe ou pour des raisons ethniques ? La première explication pourrait l'emporter : il est vrai que beaucoup de Chams travaillaient comme pêcheurs, artisans, forgerons, tisserands, forestiers, horticulteurs, bouchers, négociants de bestiaux ou petits commerçants, et appartenaient donc à cette « classe capitaliste » honnie par les idéologues marxisants de l'organisation khmère rouge. Mais comment expliquer que même les Chams pauvres, petits paysans ou simples ouvriers, ont été parqués dans la catégorie honteuse du *peuple nouveau*? L'historien Sacha Sher, dans *Le Kampuchéa des Khmers rouges*, avance une thèse séduisante: pour les communistes cambodgiens – dont le livre de référence était *Des principes du léninisme* de Staline –, le concept de «petit-bourgeois» n'a pas forcément pour but de désigner une classe sociale, mais recouvre également une «nature portée aux accommodements», une «tendance opportuniste à rester attaché à de vieilles habitudes de confort bourgeois et à pleurnicher lorsqu'apparaissent les premières difficultés». On peut alors poser la question autrement: les Chams ont-il été victimes d'une conception exhaustive du concept de «classe» ou l'élément ethnique est-il prédominant? Sans doute faut-il croire Ben Kiernan lorsqu'il affirme que chez les Khmers rouges l'idéologique et l'ethnique se mêlent sans cesse, au point que ces registres parfois se confondent. Il faut *penser ensemble* ET l'entreprise d'établissement d'un pouvoir absolu sur les êtres et les choses ET un projet racial d'épuration ethnique.

C'est aussi l'avis de l'historien (cham) Ysa Osman. En 2008, après m'être imprégné de son livre, *The Cham rebellion*, je le rencontrai autour d'un thé glacé à la terrasse du Foreign Correspondents Club de Phnom Penh. Ysa Osman possède un avantage décisif sur nombre d'historiens: d'origine chame, il est né dans le district de Kroch Chhmar, l'un des épicentres de la répression contre les musulmans. En tant qu'enfant du pays, il a su mieux que quiconque collecter des centaines de témoignages qui forment une inestimable matière historiographique. Dans *The Cham rebellion*, il revient sur deux épisodes qui n'ont été qu'imparfaitement traités par les autres historiens : il s'est en effet intéressé au soulèvement du village cham de Phum Trea contre les Khmers rouges en 1973 et aux rébellions de deux autres bourgades pendant le mois de Ramadan en 1975. Ysa Osman insiste sur deux éléments fondamentaux : il montre que les régions fortement peuplées de Chams (le long du Mékong, autour de Kampong Cham) ont été administrées par les Khmers rouges dès le début des années 1970 et que ceux-ci y ont dans un premier temps ménagé les singularités cultuelles et culturelles des musulmans. Les Chams, dans leur majorité, ont d'ailleurs bien accueilli les maquisards communistes, admirant leur discours égalitaire, la simplicité de leur mode de vie et leur (apparent) soutien apporté à Norodom Sihanouk. On sait d'ailleurs qu'au début des années 1970 de nombreux Chams ont rejoint les rangs des Khmers rouges, certains accédant même à des postes de commandement. Un notable cham, Sos Man, a ainsi occupé une place importante au sein du Parti communiste khmer, allant jusqu'à créer un « Mouvement islamique de la Zone Est » lié aux Khmers rouges.

Mais Ysa Osman observe aussi que des rebellions chames ont éclaté très tôt, dès lors qu'étaient remises en cause leurs traditions ou leurs élites religieuses. En clair : réceptifs au discours égalitariste des Khmers rouges, les Chams n'étaient pas prêts pour autant à accepter la mise en place de leur politique d'athéisme et d'homogénéisation « culturelle ». Est-ce cela que l'on peut appeler une « tendance opportuniste à rester attaché à de vieilles habitudes de confort bourgeois » ? Toujours est-il que les Khmers rouges ont rapidement décidé que les Chams devaient être particulièrement rééduqués.

En septembre 1975, en plein mois de Ramadan, des commissaires politiques de l'Angkar révolutionnaire font le tour des villages chams du district de Kroch Chhmar – la « Région 21 de la Zone Est » – et annoncent la mise en place d'un règlement spécifique en cinq points :

1. La fréquentation des mosquées est interdite, ainsi que les prières collectives ou individuelles.

2. Les livres religieux sont interdits et doivent être brûlés ou jetés dans le Mékong.

3. Les femmes n'ont plus le droit de porter le *hijab* ni même un simple *krama* autour de la tête. Elles doivent en outre avoir une coiffure révolutionnaire (cheveux courts).

4. Les Chams doivent abandonner leurs habitudes alimentaires et manger du porc si l'occasion se présente.

5. Les mariages entre Chams sont désormais prohibés. Il sera fait obligation aux célibataires souhaitant se marier de choisir un conjoint appartenant à une autre ethnie.

En plus de ce quintuple règlement – qui pourrait être vu comme l'antithèse des cinq piliers de l'islam –, l'usage de la langue chame est banni, les noms de famille doivent être khmerisés et des populations entières sont déplacées, réinstallées dans des villages multiethniques (nous devrions plutôt dire «anethniques»). Il ne fait guère de doute qu'une telle politique peut au minimum être taxée d'« ethnocide ». Mais il convient d'ajouter immédiatement que toutes les communautés cambodgiennes – y compris les Khmers – subissent alors cette politique ethnocidaire. Car si le «paysan pauvre de race khmère» est magnifié par la propagande polpotiste, il ne faut pas oublier que le pouvoir communiste cherche parallèlement à abolir les traditions artistiques des Khmers (danses classique et populaire, sculpture, poésie, etc.), leur religion (le bouddhisme theravada), leurs arts martiaux (*pradal serey*, *bokator*, etc.) et même la langue, pervertie par une novlangue totalitaire à la fois monovalente et imprécise.

Si toutes les ethnies ont été les victimes de cette révolution radicale, les Chams, sans doute, l'ont vécue de façon singulière. Il convient de ne pas oublier qu'ils sont les héritiers d'un empire dévasté ; on peut donc aisément comprendre qu'ils aient été très sensibles à la menace d'un second ethnocide, commis cette fois-ci par leurs hôtes khmers. Et je crois n'insulter personne en écrivant que la religion islamique, dans le rapport électif privilégié qu'elle établit entre le croyant et l'Unicité divine – lien qui est censé clore le cycle des révélations abrahamiques –, se manifeste sous la forme d'une *fierté musulmane* particulièrement ardente. Si les (ou des) Khmers rouges ont pu considérer les Chams comme les «ennemis numéro un» de la révolution, c'est sans doute aussi parce que l'islam, comme Vérité (*haqîqah*) et comme Loi (*sharî'ah*), ne pouvait faire aucune concession à l'athéisme radical des communistes cambodgiens.

Il n'est pas innocent, en tous cas, d'apprendre que des Chams se sont révoltés contre les Khmers rouges deux ans avant la prise de Phnom Penh, contestant leur autorité au cœur de l'une des zones prétendument «libérées». Aucune autre communauté ethnique ne s'est ainsi distinguée. Ysa Osman raconte ainsi les circonstances de cette prime révolte: en 1973, un cadre khmer rouge, un certain Ôn, se rend au village de Phum Trea afin d'arrêter un leader religieux nommé Ibrahim. Devant sa résistance, les Khmers rouges ouvrent le feu mais Ibrahim parvient à s'échapper. Des Chams, révoltés par cette tentative d'arrestation, se regroupent et incendient le quartier général khmer rouge du village voisin de Khsae Luos. Deux heures plus tard, un groupe de Khmers rouges investit Phum Trea: de nombreux Chams fuient à travers la forêt; dix sont arrêtés et disparaîtront pour toujours. La révolte était circonscrite, mais elle persuada les Khmers rouges de la coriacité des populations chames de la «Région 21 de la Zone Est».

Les relations entre les Chams de cette région et les Khmers rouges s'aggravent en septembre 1975, c'est-à-dire cinq mois après leur prise du pouvoir : alors que les habitants du village insulaire de Koh Phal célèbrent le mois de Ramadan, des Khmers rouges organisent un rassemblement politique où est annoncé la mise en vigueur du fameux règlement antimusulman en cinq points. Face aux contestations verbales exprimées par les Chams, les Khmers rouges quittent le village mais reviennent en force une semaine plus tard : Koh Phal est encerclé et bombardé pendant plusieurs jours. Les maisons, l'école, la mosquée sont la proie des flammes. Les Chams qui cherchent à fuir en barque subissent les balles des mitrailleuses. Au total, un millier de villageois sont massacrés, et neuf cents faits prisonniers. Ceux-ci sont déportés vers cinq camps de travail et beaucoup y mourront du paludisme. Les Khmers rouges incendient la totalité des bâtiments de Koh Phal qui est ultérieurement rebaptisé Koh Pheh, c'est-à-dire l'Île des cendres. Voilà ce qu'il en coûte de « pleurnicher lorsqu'apparaissent les premières difficultés »…

Deux semaines plus tard, le village de Svay Khleang subit un sort presque identique. Un jour avant la fin du Ramadan, une délégation de fidèles fait parvenir une requête au chef khmer rouge du sous-district afin d'obtenir l'autorisation de célébrer *hari raya*, le nom donné par les Chams à la fête de la rupture du jeûne. N'obtenant pas de réponse, les Chams se rendent le lendemain à la mosquée mais le cadre khmer rouge y a dépêché des agents qui enregistrent les noms des participants. Un villageois cham parvient à jeter un œil sur la liste : une centaine de Chams et leur famille doivent être arrêtés. La nouvelle plonge le village dans l'affliction. Vingt sabres et deux fusils sont déterrés et distribués aux hommes de la communauté, des tranchées sont creusées. Le lendemain matin, des unités khmères rouges lancent l'assaut, appuyées par des mitrailleuses, de l'artillerie légère, des bombes incendiaires. Le rapport de forces est trop inégal : des centaines de villageois meurent dans les combats. Les survivants sont arrêtés et déportés, on exécute les blessés dans des clairières, les hommes subissent la torture avant d'être envoyés vers des champs de tabac d'où ils ne reviendront jamais.

Ces trois soulèvements vont rester dans la mémoire des Khmers rouges. Le mythe du « Cham belliqueux » a toujours traversé la société khmère ; mais dans le contexte terrifiant de la « grande panique » de 1978, il va resurgir avec une violence jusque-là inédite.

***

Au cours de l'année 2007, la question du « génocide cham » me taraude, et il me vient l'idée d'en faire la base d'un film de création documentaire. J'ai le privilège de connaître un bon génie : Guillaume Orignac est réalisateur, auteur, producteur, et sa société, Araucania Films, s'engage à financer le tournage du film dont le titre coule de source : *Cham*. Guillaume assurera les prises de vue, composera les plages atmosphériques et sculptera le montage. Le dispositif filmique se met en place en février 2008 lorsque je convaincs Hisham Mousar d'être le fil rouge du documentaire. Né en Malaisie de parents chams, Hisham a passé ses vingt-cinq premières années en France où il a suivi un cursus juridique puis, réinstallé dans le pays de ses aïeux, il s'est investi dans la plus ancienne organisation de défense des droits de l'homme au Cambodge, l'ADHOC, cette dernière s'engageant alors dans des missions d'assistance juridique aux victimes du régime de Pol Pot. Le scénario se précise : nous filmerons le processus de recueil de la parole traumatisée chame et la délicate transformation de celle-ci en témoignage à visée pénale. Hisham aura donc un rôle nodal dans le film. Détail cocasse, j'apprendrai longtemps après le tournage sa filiation pour le moins originale[1]...

En 2008, confiants dans la justice des hommes, les Chams se pressent pour témoigner des persécutions polpotistes. Le Champa aux mille visages nous fait bel accueil et tous acceptent de se livrer devant la caméra, le mufti Sos Kamry et l'Ong Khnuur Kai Tam, les

1. Voir Intermède, une romance française, p. 133. (N.d.A.)

paysannes de Kroch Chhmar et le sénateur royaliste Sabu Bacha, les *tablighi* de Preik Pra et les magiciens glabres d'Oudong.

Dans le village de Kleang Sbaek, situé sur la route N° 5, nous recueillons le témoignage d'un brave instituteur coranique, Hadji Musa Soleh. Il a soixante ans et ses souvenirs des années Pol Pot sont intacts. Il nous parle des mariages forcés institués par les cadres de l'Angkar : cinquante couples du village de Chralat unis en une cérémonie bâclée, un Chinois avec une Chame, un Cham avec une Khmère, un Khmer avec une Chinoise, et ainsi de suite. Il se souvient de ces bambins à qui l'on disait : « Tu n'as pas de père, pas de mère ; ton père, ta mère, c'est l'Angkar. » Il nous raconte la haine des communistes cambodgiens pour les coiffures des jeunes filles : « Les cheveux longs sont la crasse du fascisme ! Camarades, tranchez-moi ces cheveux, qu'ils jonchent le sol purifié du Kampuchéa démocratique ! » Il se rappelle que les Khmers rouges recrutaient leurs cadres parmi les Cambodgiens les plus demeurés, flattant les vicieux, encourageant les brutes. À tout instant, il fallait feindre l'analphabétisme, exhiber des mains calleuses, camoufler ses héritages intellectuels. Mort aux lettrés ! Un soir, lors d'une réunion de rééducation, un cadre khmer rouge s'approche de Musa Soleh, il vante son intelligence puis lui demande de lire à haute voix un opuscule militant. Flairant le piège, le jeune Cham lance au commissaire politique un regard de demeuré puis, se saisissant maladroitement du livre, le tient à l'envers, en une fixité de batracien... S'il s'était laissé abuser par le Khmer rouge, Hadji Musa Soleh ne serait plus là pour enseigner la lecture aux petits écoliers de Kleang Sbaek.

À Preik Pra, le docteur Abdulcoyaume nous parle des pages souillées du Coran, réduites à l'état de papier hygiénique ou dispersées dans les flots impétueux du Mékong. Il évoque les mosquées transformées en porcherie, les pagodes résonnant des hurlements des prisonniers suppliciés. À O'Russei, l'Ong Khnuur Kai Tam et l'Ong Kai Tet se souviennent que les livres sacrés – Coran et bréviaires ésotériques chams – furent camouflés dans des oreillers ou enterrés dans des anfractuosités où ils furent à moitié dévorés par les termites. À Phum Roka, Tan Sophan « Ibrahim » se remémore les bombardements américains, les civils claudiquant comme des pantins dans les ruines fumantes, le corps recouvert de cendres et de poussières, les mères hurlant leur détresse, les cadavres des bébés ; et Tan Sophan se souvient qu'un chef de village avait écrit un courrier poli à l'ambassadeur américain pour lui demander d'arrêter de tuer ses administrés...

Ong Lep, le malicieux ermite d'Oudong, se met aussi à l'écoute de ses traumatismes, devient soudain grave et nous parle de charniers gigantesques, de colonnes de prisonniers à n'en plus finir, reliés entre eux par des chaînes de ferraille transperçant leurs paumes trouées... Une femme de «Kilomètre 8», dans les faubourgs nordistes de Phnom Penh, évoque les «stratagèmes» des Khmers rouges, encourageant les Chams vigoureux à se porter volontaires pour de glorieuses tâches agricoles avant de les fusiller dans des clairières isolées.

Dans la région de Kroch Chhmar, des témoignages plus précieux encore nous arrivent. No Satas est une paysanne chame qui avait treize ans en 1978, l'année où les Khmers rouges entrèrent en guerre totale contre le Viêt Nam. À l'époque, la paranoïa s'empara des petits chefs et la peur du Viêt – cet ennemi héréditaire que l'on appelle ici le *yoen* – a vite pris des allures de folie collective. Partout, on croyait déceler «des esprits vietnamiens dans des corps khmers», et dans les états-majors on craignait la formation d'une « cinquième colonne ». Des régiments de Khmers rouges venus des régions de l'ouest ou du sud pénétrèrent alors dans les régions frontalières du Viêt Nam, se livrant à d'immenses massacres contre les populations civiles, toutes ethnies confondues. D'énormes purges furent ordonnées, des unités de Khmers rouges locaux décimées par leurs «camarades». C'est dans ce contexte chaotique que les Chams du Mékong, notamment ceux du district de Kroch Chhmar, ont subi les pires outrages. En 1975, la famille de la jeune No Satas avait été forcée par les Khmers rouges de quitter le village natal. Bien que ses parents fussent des paysans pauvres, ils ont été «déchus» et enfermés dans la catégorie infâmante du *peuple nouveau*, promis aux camps de travail. Vers 1978, la jeune fille est arrachée à sa famille, déportée vers le village de Phum Trea et enfermée dans un camp avec d'autres jeunes Cambodgiennes de son âge. Une nuit, des commissaires politiques les regroupent et les soumettent à un interrogatoire visant à déterminer leur ethnie. Les adolescentes qui reconnaissent leur origine chame ou vietnamienne sont ligotées et emmenées sans ménagement sur les bords du fleuve. On ne les reverra jamais. No Satas sauvera sa peau en s'affirmant, par trois fois, *khmer sot*, «pure khmère». Puis elle s'enfuira dans la forêt, manquant d'y mourir de faim et de soif. Elle n'en sortira qu'en janvier 1979, à l'occasion de l'invasion vietnamienne. Aucun autre membre de sa famille n'a survécu à la glorieuse révolution communiste.

Ainsi, il apparaît clairement qu'à la suite de la politique d'« ethnocide » des premières années de pouvoir, les Khmers rouges semblent avoir glissé, dans le contexte de la guerre totale contre le Viêt Nam, vers une politique de « génocide », certes circonscrite à une région donnée – le district des rebellions chames de 1975 – mais implacable, systématique et méticuleuse.

Un autre témoignage va dans le même sens : celui de Him Mann, un cultivateur de Sach Sau. C'est à Phnom Penh, au bar du Lyon d'Or, que j'ai pour la première fois entendu parler de lui grâce au bon docteur Kinn. Engagé comme médecin au sein du

FLNPK[2], réfugié en France dans les années 1980 puis restaurateur en Anjou, le docteur Kinn s'est réinstallé au Cambodge dans les années 2000 où il a choisi de consacrer son temps à ses compatriotes désargentés, n'hésitant pas à se rendre dans les provinces les plus reculées pour prodiguer ses talents de chirurgien. Prenant connaissance de notre projet de film, il s'est souvenu qu'un cousin lui avait appris l'extermination par les Khmers rouges de la totalité des Chams du village de Sach Sau, à l'exception d'un seul. Ce survivant, ajouta le docteur, avait hérité d'un surnom: «l'homme du lac». Quelques jours plus tard, le docteur Kinn m'attendait à la sortie de mon hôtel. Quatre heures de route jusqu'à la province de Kompong Cham, et le cousin me présenta à ce fameux Him Mann. Le vieux Cham se présenta à nous en treillis militaire, visage fermé, traits anguleux, démarche souple, gestes félins. Sans un mot, il nous a invités à le suivre à travers des prairies sèches où paissaient quelques vaches malingres. Nous sommes bientôt arrivés jusqu'à un étang, et il nous a alors conté son récit d'un seul bloc:

« Des Khmers rouges, venus d'une région lointaine, se sont installés dans les villages environnants. Leurs cadres questionnaient les gens pour déterminer les origines de chacun, ils établissaient des registres. Peu après le Nouvel An khmer, vers trois heures de l'après-

2. Guérilla opérant à partir de 1979 contre les Khmers rouges et l'occupant vietnamien. (N.d.A.)

midi, ils sont arrivés à Sach Sau, ont regroupé les Chams près de la pagode et ordonné aux Khmers d'aller dans les champs. Sentant qu'il se préparait quelque chose d'affreux, j'ai pris ma femme par la main, nous nous sommes cachés derrière un gros buisson. Nous sommes restés cachés, à plat ventre, jusqu'à six heures du soir. Ils ligotaient les hommes, menaçaient les femmes, attachaient les enfants à des arbres. Puis, quand la nuit a commencé à tomber, ils ont tué tous les Chams, les hommes, les femmes, les enfants, avec des bâtons ou des bambous aiguisés. J'entendais leurs cris. Avant de mourir, ils imploraient la protection d'Allâh, appelaient leurs parents. Et je savais que parmi eux il y avait ma mère, mon petit frère, ma belle-mère et d'autres membres de ma belle-famille. Dans la nuit, je suis allé au village pour chercher un fusil ou une arme, mais je n'ai rien trouvé, il n'y avait rien à faire. J'ai retrouvé ma femme vers quatre heures du matin et nous nous sommes cachés dans le seul endroit possible : dans l'étang de Sach Sau. Nous y sommes restés trois mois et vingt-neuf jours car nous savions que les Khmers rouges encerclaient l'étang. Je voulais manger les rats mais je ne pouvais pas les attraper, alors nous avons mangé comme les rats, nous avons mangé les jacinthes d'eau, regardez c'est farineux. J'ai juste réussi à attraper une anguille, j'ai dévoré ses intestins, l'odeur était infecte mais c'était pour moi comme un parfum. Nous avions tellement faim que lorsque nous avons vu des cadavres humains flotter sur l'eau, nous les avons mangés, ces cadavres humains ! Quand je voyais les cadavres venir vers moi, je n'avais qu'une envie, les manger, et quand nous dépiautions la chair, ma femme et moi, nous en avions les larmes aux yeux… Nous passions les journées dans l'étang, accrochés aux branches, cachés par les nénuphars. La nuit, nous nous reposions sur des troncs d'arbres. Lorsque nous voulions tousser, nous mettions la tête sous l'eau. Parfois ma femme commençait à paniquer, elle voulait se rendre, alors je devais l'assommer pour que nous restions en vie car les Khmers rouges l'aurait tuée si elle s'était rendue. Dans cet étang, j'ai créé ma propre loi, pour ma femme et pour moi. Nous n'avions pas le choix : les Khmers rouges nous encerclaient. Au bout de trois mois et vingt-neuf jours, enfin, nous avons pu quitter l'étang. Puis les Vietnamiens sont arrivés et les Khmers rouges ont fui la région. »

Tandis qu'il nous livrait ce récit édifiant, Him Mann mimait les gestes de sa survie. Il nous a montré la façon dont il se déplaçait sous les nénuphars, les ruses déployées pour échapper à ses poursuivants. Il a arraché une jacinthe d'eau, en a croqué un morceau. Indifférents aux assommantes discussions des adultes, ses petits-enfants, pendant ce temps, chahutaient dans les eaux fangeuses de l'étang, plongeaient avec fracas, riaient comme des bossus… Sauront-ils leur chance d'être les héritiers de « l'homme du lac » ?

***

En décembre 2009, trois anciens hauts responsables du régime khmer rouge – Nuon Chea, Ieng Sary, Khieu Samphân – ont été inculpés de « génocide contre les minorités chames et vietnamiennes » par les juges d'instruction des Chambres extraordinaires au sein des tribunaux cambodgiens. Huit ans plus tard, la procédure suit son cours, avec une extrême et désespérante lenteur. En 2013, Ieng Sary est mort de sa belle mort, à jamais officiellement innocent. Khieu Samphân, quatre-vingt-cinq ans, se mure dans le silence, et le nonagénaire Nuon Chea éructe son dédain fielleux à la face des victimes. Le 28 septembre 2015, sept ans après sa prime déposition, l'homme du lac, Him Mann, a enfin eu le droit de témoigner publiquement devant la cour. Nuon Chea, qui s'est plaint de l'inconfort des sièges, a obtenu du tribunal le droit de suivre les débats depuis le lit de sa cellule grâce à des « moyens audiovisuels adaptés »… Ce jour-là, Him Mann, cuisiné par les avocats des deux crapules, a une fois encore déroulé le détail de ses années sombres. Et le même jour, No Satas s'est elle aussi livrée au douloureux exercice du témoignage public. Et harassée par tant d'épreuves, elle s'est éteinte quelques semaines plus tard, laissant à ses bourreaux l'indigne privilège de lui survivre… Les conclusions du tribunal tomberont sans doute vers 2018. Ieng Sary et Khieu Samphân, à n'en pas douter, seront reconnus coupables, endossant ainsi la responsabilité exclusive d'un régime khmer rouge dont tant d'anciens hauts serviteurs – qui ont su s'exiler à temps – continuent d'exercer aujourd'hui le pouvoir.

VIII

UNE JOURNÉE EN TABLIGHIE

Chez le docteur Abdulcoyaume. – Mariage gay et fin des temps. – L'Arabie heureuse. – Phantasme de rupture. – Agnès et le niqab.

Après plusieurs journées passées en hétérodoxies islamique et hindouiste auprès des Chams du Viêt Nam, j'avais éprouvé l'envie de retourner à Phnom Penh pour y retrouver le docteur Abdulcoyaume, pilier cambodgien du Tablighi Jamaat, l'un des plus puissants mouvements fondamentalistes musulmans du monde.

Preik Pra, où il réside, est un vaste faubourg populeux, adossé aux rives boueuses du Tonle Bassac que l'on traverse par le bien nommé « Pont vietnamien ». Les Viêt sont en effet majoritaires à Preik Pra et, ici et là, ce sont des visages triangulaires et crayeux, des galbes anguleux, des regards saturés de dédain et d'indifférence pressée. Il n'y a pas à barguigner : ce n'est pas à Preik Pra qu'on aura le bonheur de se nimber de sourires khmers. La route qui, vers le sud, longe la rive droite du Tonle Bassac nous conduit bientôt dans un tout autre univers, les temples sino-vietnamiens s'effaçant soudain devant des bulbes islamiques, tandis que les vêtements tendent à se résumer à deux teintes, hommes en djellabas immaculées et corps féminins drapés de noir.

Le docteur Abdulcoyaume m'attend devant son coquet pavillon, idéalement situé face à la mosquée où vient de s'achever la troisième prière de la journée. Le pieux croyant est sur son trente-et-un, portant un *qamis* bleu ciel orné de liserés étincelants et un *serban* savamment enturbanné. Médecin à la retraite, ancien parlementaire, le docteur Abdulcoyaume maîtrise autant la langue française que les usages du monde et c'est autour d'une corne d'abondance – cubes de mangue fraîche, café sirupeux, gâteaux enfarinés, etc. – qu'il m'invite à m'assoir dans son salon à l'ameublement minimaliste. L'homme n'a rien perdu de cette dimension cinégénique qui m'avait conquis dès nos premières rencontres : barbichette broussailleuse, lamelles d'iris délavées et irriguées de sang, visage oblong où se laissent deviner de lointains métissages javanais.

Le docteur s'enquiert, comme à son habitude, de ma santé, de mes proches, et surtout de notre connaissance commune, Agnès De Féo, une spécialiste du Tabligh. Puis il me demande de lui donner des nouvelles de ses coreligionnaires de France. Je ne résiste pas à la malicieuse tentation d'évoquer d'emblée la loi interdisant le port du *niqab* – ce voile intégral que nos politiciens et brillants éditorialistes, confondant apparemment l'Afghanistan avec la péninsule Arabique, s'évertuent à nommer *burqa*. Le vieil homme me regarde avec effarement, bouche bée, comme soudain transformé en statue de sel. « Mais... mais... balbutie-t-il, je croyais que la France était le pays de la liberté... » Je lui apprend que notre parlement vient par ailleurs d'autoriser le mariage entre personnes du même sexe. Cette fois, le docteur manque de s'étouffer, marmonne quelques formules en arabe avant de me fixer longuement, comme hésitant entre l'incrédulité, l'ire et la terreur. « Vous savez, cher ami, reprend-il calmement après une pleine minute, je crois que tout ça veut dire que nous entrons dans la fin des temps... » Le docteur, saisissant un calepin, veut en savoir plus. Je lui explique que les femmes portant le *niqab* dans l'espace public risquent désormais une amende de cent cinquante euros. Il ferme les yeux quelques secondes, puis s'exclame soudain : « Ça veut donc dire que seuls les plus riches pourront vivre selon les usages islamiques ! Mais comment vont faire les musulmans français qui n'ont pas d'argent ? » Il veut aussi que je lui confirme une fois encore la réalité de la loi sur le mariage homosexuel, me suspectant à mi-mot d'être un plaisantin ou, peut-être même, un imbécile : « Un homme avec un homme ? Une femme avec une femme ? Vous êtes sûr d'avoir bien compris ? » Je lui confirme l'information. Le vieil homme, affligé par ces nouvelles, me presse de terminer mes pâtisseries et m'invite à cheminer avec lui dans le faubourg, comme s'il voulait se rasséréner auprès de ses frères et sœurs en religion.

Dehors, le soleil commence à caresser l'horizon et le *muezzin* appellera bientôt les fidèles à la quatrième prière. Face à la mosquée, nous croisons plusieurs groupes de femmes réduites à l'état de silhouettes, telles des fantômes du Louvre, la moindre parcelle de leur épiderme ayant disparu sous un strict *purdah* et de longs gants de feutre noir. Ces dernières, cependant, ne sont pas majoritaires dans le quartier, et d'autres femmes se contentent ici d'afficher un foulard coloré ou une longue tunique sombre qui laisse au moins entrevoir les traits de leur visage. «Nos sœurs sont libres de porter un simple *hijab*, m'assure le docteur, mais nous leur expliquons qu'il est préférable de se recouvrir entièrement, comme les épouses de notre Prophète, paix et bénédiction soient sur lui, qui savaient camoufler leurs parties indécentes.» Sur le chemin, nous croisons un jeune Cham dont le français se révèle impeccablement fluide, presque exempt d'accent, ce qui n'est pas totalement surprenant puisqu'il termine ses études en pharmacie, discipline traditionnellement enseignée dans la langue de l'ancienne puissance coloniale. Lui aussi est vêtu et rasé selon les stricts préceptes du Tabligh, et je crois lire dans son regard l'enthousiasme intact du prêcheur novice.

Le Tablighi Jamaat vit une situation paradoxale : il a beau être l'un des mouvements musulmans les plus actifs au monde, le grand public – comme nos « experts » qui se piquent d'avoir un avis sur l'islamisme – ignore son existence, le confondant volontiers avec le salafisme avec lequel il est pourtant en perpétuelle rivalité. Cinq mots pourraient suffire à le résumer : le Tabligh, né en Inde dans les années 1920, est transnational, missionnaire, fondamentaliste, quiétiste, pyramidal. Le docteur Abdulcoyaume, qui fut l'un des premiers Cambodgiens à rejoindre le mouvement dans les années 1990, n'a pas d'état d'âme : « Il n'y a que deux voies : le bien et le mal. Le Coran et la Sunnah contiennent les réponses à toutes les questions. Beaucoup de musulmans se trompent, ils suivent de mauvais chemins car ils ignorent les bonnes réponses. Le Tabligh est là pour leur rappeler la vérité. »

La juste voie, qui vise donc à imiter en tous points les gestes et vertus de Muhammad ou de ses épouses, s'étend à tous les aspects de la vie quotidienne. Code vestimentaire, organisation de l'espace intérieur, prescriptions alimentaires, positions à adopter lors du sommeil, règles concernant le brossage des dents ou l'hygiène intime : tout doit ramener le croyant dans l'Arabie heureuse du VIIe siècle. Le docteur sait de quoi il parle puisqu'il est le traducteur du *Faza'il-e-A'maal*, sorte de bréviaire du Tabligh qui, en s'appuyant sur des commentaires de quelques *hadîth* choisis, déroule la liste des délices paradisiaques et des châtiments infernaux, explicite les «vertus islamiques» d'honneur et de sincérité, et insiste sur l'importance de la «douce et ferme persuasion». Mais la vérité doit aussi être virale: le «converti» au Tabligh doit donc idéalement devenir lui-même un *tablighi*, c'est-à-dire un missionnaire qui, trois jours par mois et quarante jours par an, se livrera à des *khourouj*, sorties collectives autofinancées visant à gentiment sermonner les musulmans velléitaires, distraits ou égarés. Notre jeune Cham, justement, me raconte qu'il revient d'une mission de quatre jours dans les villages musulmans de Kroch Chhmar et qu'il aimerait bien s'édifier bientôt dans d'autres pays, en Malaisie, en Thaïlande ou plus loin encore. Mais ses confidences s'arrêtent là: les *tablighi*, on ne leur jettera pas la pierre, n'aiment guère s'épancher auprès des *infidèles*.

Le docteur, qui a fini par m'avoir à la bonne, se fait plus loquace: «Les musulmans du Cambodge sont parfois dans l'erreur parce qu'ils suivent de mauvaises traditions ou parce que certains *tuan* [instituteurs musulmans] ne connaissent pas bien l'islam. Le Tabligh leur donne des livres, des cours et des conseils.» Puis il ajoute: «Chez le musulman, la religion prend souche dans le cœur. Il faut sans cesse nourrir ce cœur. C'est pourquoi nous disons qu'il faut apprendre le Coran par cœur.» Jc me souviens que le docteur, lors de ma première visite chez lui, en 2008, m'avait déjà parlé de ce «cœur musulman» que les Khmers rouges, «ces communistes athées», avaient supplicié de la pire façon. J'avais alors compris que le succès du Tabligh au Cambodge, s'établissant après quatre années de polpotisme et dix ans d'occupation vietnamienne, trouvait sans doute son origine dans une volonté de renverser les stigmates, d'exacerber les signes extérieurs de la foi : le ritualisme obsessionnel professé par les *tablighi* singularise le musulman qui s'y soumet, et le distingue à la fois parmi les Khmers et parmi ses coreligionnaires. Les efforts financiers et personnels qu'on exige de lui valorisent son amour-propre, tout en l'insérant dans un réseau pyramidal tissé de solidarités concentriques. Le Tabligh offre aussi une vision transnationale de l'islam dont le centre nerveux, situé dans la zone « IPB » (Inde, Pakistan, Bangladesh), s'affirme comme une alternative séduisante face aux pétromonarchies, certes richissimes mais aussi porteuses d'une vision du monde arabo-centrée et volontiers condescendante. Le docteur m'explique d'ailleurs que les « intellectuels de tous les pays » – entendez : les responsables nationaux du Tabligh – sont régulièrement invités à se rendre « dans les Indes » où, m'assure-t-il en substance, on trouve des savants dotés de toutes les vertus morales et éducatives.

On comprend que cette organisation pyramidale, machine missionnaire d'une redoutable efficacité, n'est pas du goût des salafistes qui ne perdent jamais une occasion d'y déceler une blâmable « innovation » sectaire, une *bid'ah* doublée d'un littéralisme médiocre et abétifiant. Un salafiste koweitien, rencontré en 2004 à la mosquée de Phnom Penh, et à qui j'avais naïvement confié mon intention d'aller à Phum Trea, centre national du Tabligh cambodgien, m'avait tout de suite mis en garde : « Ils professent de faux *hadîth*, sans chaîne de transmission. Et ils préfèrent aller en Inde plutôt que de faire le *hajj.* » Un autre salafiste, français celui-là, ira jusqu'à m'assurer que le Tabligh est une création des services secrets britanniques ! Quoi qu'il en soit, nombre de musulmans, y compris chez les Chams, murmurent que les *tablighi* professent un enseignement spirituel d'une désespérante pauvreté – il faut reconnaître que le *Faza'il-e-A'maal* n'impressionne pas par la subtilité de sa métaphysique – et ils s'interrogent sur l'opacité financière de ses structures.

Abdulcoyaume, en apparence, n'a guère envie de répondre aux arguments de ses détracteurs, surtout s'ils émanent des rangs de la concurrence salafiste. Le Tabligh cambodgien, ainsi, semble assez soucieux de ne pas semer les germes de la *fitna* (discorde) au sein de l'*Ummah* cambodgienne et ne s'emporte jamais, même à fleurets mouchetés, contre les gouvernements. Car si le Tabligh est un fondamentalisme, il est aussi un quiétisme. Son zèle prosélyte ne semble pas s'adresser prioritairement aux *kouffar*, bouddhistes, chrétiens ou animistes, l'œuvre d'édification restant circonscrite aux Chams. De la même façon, le discours reste exclusivement religieux et se garde bien de toute référence politique : pas d'appel au *djihâd*, bien sûr ; aucune diatribe incendiaire contre tel ou tel gouvernement ; et mutisme sur les sujets brûlants, telles les rebellions islamiques de Thaïlande ou des Philippines.

Il n'empêche que le Tabligh prospère aussi sur le phantasme de *rupture* : chaque *tablighi* est un *born-again* qui doit tourner le dos à ses déviances passées mais aussi, et c'est parfois plus gênant, à tout ce qui est *haram*, notion floue et extensible qui désigne la sphère de l'interdit mais peut finir par inclure l'ensemble de la société cambodgienne extra-musulmane. Le Tabligh, qu'on le veuille ou non, façonne donc des murs toujours plus étanches entre ses adeptes et le monde khmer, provoquant de fait leur désocialisation ou, plus précisément, leur resocialisation sur la seule base d'une communauté essentialisée.

Le symbole le plus spectaculaire de cette rupture, au Cambodge comme ailleurs, c'est bien évidemment le *niqab*. Si les Cambodgiens, habitués à l'existence de vêtements typés caractérisant les classes sociales, les confessions religieuses ou les ethnies, n'expriment aucune surprise face à la récente affirmation d'un code vestimentaire « arabo-malais » chez les Chams de sexe masculin, il en va autrement du voile intégral. Il me suffit d'écouter mes amis khmers qui lui ont vite trouvé un surnom, *nyonyoem slap*, qu'on pourrait traduire par vêtement « tue-le-sourire »... Ce sobriquet n'est pas anodin dans un pays où il y aurait, dit-on, neuf nuances de sourire : on comprend que le *niqab* peut y être ressenti comme un coup de canif porté à ce que

Georges Orwell appelle la *décence commune.* Car le sourire cambodgien, à sa façon, est un voile et une élégance, dissimulant la gêne, la peur, l'inquiétude, tous ces sentiments outrés dont on doit limiter l'impudique transport. Voiler ce voile, abolir cette élégance, c'est du coup laisser à la seule force du regard le monopole de la prime relation interpersonnelle.

Le *niqab*, c'est justement la grande affaire de la chercheuse Agnès De Féo. Depuis quinze ans, elle consacre son énergie à étudier les musulmans du Sud-Est asiatique, se concentrant en particulier sur les communautés fondamentalistes du Cambodge et de Malaisie. La méthodologie d'Agnès De Féo repose sur l'immersion prolongée : des mois durant, elle s'est installée au cœur des communautés du Tabligh malaisien, elle-même recouverte d'un *niqab.* En juillet 2008, alors qu'elle revient tout juste de l'État du Kelantan – ce berceau de la culture islamo-malaise dont la renommée est telle qu'il a reçu le surnom de « balcon de La Mecque » –, je dialogue avec elle, tirant de nos échanges un entretien qu'aucune revue ne voudra jamais publier. Et pour cause : ses travaux sur la question du voile intégral bousculent les certitudes des militantes féministes occidentales – qui n'y voient qu'un symptôme de soumission à l'ordre patriarcal – mais mettent aussi à nu les motivations parfois peu avouables des adeptes du voile intégral. Que dit donc, en substance, Agnès De Féo ? Elle affirme, en premier lieu, que loin d'être le signe d'une sujétion à la volonté masculine, le port du voile intégral est bien souvent un acte souverain et assumé de la part des femmes. Sur ce point, il est vrai que de nombreux indices vont dans ce sens : combien de fois ai-je vu des cadres du Tabligh incapables d'imposer le voile intégral à leur épouse, tandis que de braves Chams, maris ou pères de famille, voyaient soudain leur femme ou leur fille disparaître sous le *niqab* sans qu'ils aient pu émettre un quelconque avis ? Il est vrai que le *niqab* peut être brandi par certaines femmes comme un symbole de leur rectitude morale montée au paroxysme ; il est la marque extérieure de leur respectabilité et, partant de là, des hommages que chacun se doit de lui rendre. Le *niqab*, à en croire Agnès De Féo, serait aussi un marqueur social : «Porter un *niqab*, c'est signifier au monde que l'on est assez riche pour ne pas travailler. Ou que l'on exerce un métier intellectuel, très valorisant, tel médecin ou enseignante, professions qui permettent de s'occuper spécifiquement des femmes. Et surtout pas un métier manuel. C'est un rêve caressé par les paysannes chames du Cambodge s'engageant dans les rangs du Tabligh. Dans ces villages de Kampong Cham, le *niqab* est, pour les femmes qui s'exténuent à repiquer le riz à la main, un symbole d'ascension : leur peau burinée serait protégée du soleil, les gants noirs seraient des écrins pour des mains qui ne connaîtraient plus les callosités quotidiennes. Elles pourraient montrer au monde qu'elles sont assez riches pour rester oisives et se consacrer aux *taalim*, ces réunions entre femmes à domicile pour discuter de religion. Une représentation de la haute société. En assistant à ces *taalim* en Malaisie, j'ai souvent eu l'impression d'être dans des réunions Tupperware de bourgeoises ; elles en profitent pour montrer leur intérieur cossu et préparer des plateaux de nourriture qui seront une manière d'afficher leur standing. »

Le voile intégral comme signe extérieur de richesse ? Comme manifestation de snobisme ? Pourquoi pas. Mais aussi comme paradoxal outil de séduction : « Celle qui m'a donné un *niqab* pour la première fois m'a glissé à l'oreille : "Maintenant, les hommes vont te regarder et imaginer que tu es magnifique". Le *niqab* permet de faire fantasmer les hommes sur un corps qui se dérobe au regard et c'est aussi un moyen de lutter contre la concurrence féminine. C'est pour cela qu'elles veulent imposer le *niqab* aux jeunes filles. L'une d'elles me confiait que ses huit enfants l'avaient rendue beaucoup moins attractive et qu'elle préférait que toutes les femmes portent le *purdah* pour empêcher son mari de succomber aux charmes de la jeunesse et demander le divorce ou pire la polygamie. Pousser les autres femmes à disparaître du champ visuel masculin, c'est aussi conserver son exclusivité auprès de son époux. Le *niqab* est un procédé de séduction général, qui gomme en même temps la séduction particulière de femmes plus avantagées par la nature. Un vrai pouvoir des femmes mûres sur les jeunes, des laides sur les belles, mais aussi de toutes les femmes sur leur mari dont elles castrent le regard. »

Agnès De Féo me raconte ensuite cette truculente anecdote : un jour qu'elle se trouvait dans le centre du Tabligh de Nizamuddin, à New Delhi, elle aborde ingénument un groupe de trois hommes porteurs de la panoplie complète du *tablighi*. Sur leur front, ils portent une petite bosse croutée, symbole des multiples prosternations accomplies lors des prières surérogatoires[1]. La chercheuse leur demande le chemin menant aux appartements des femmes. L'un d'eux, la trentaine, saute sur l'occasion de faire une bonne action et l'entraîne avec zèle. Mais avant d'atteindre l'endroit, il profite d'un recoin pour lui prendre la main et la baiser frénétiquement avant de s'échapper avec un «*thank you*». Le *niqab* comme facteur d'excitation érotique ? «Absolument, me dit Agnès, ce baiser est révélateur d'une frustration où même la main féminine est taboue et objet de fantasmes dévorants ! »

Mais l'on peut aller plus loin et déceler dans le port du *niqab* la revendication d'une autre façon d'être au monde, qui s'affirme non plus comme objet soumis au regard de l'autre, mais comme sujet contrôlant totalement son corps, jusqu'au visage, en dehors des catégories de l'apparence. Nous touchons ici au cœur de la question, ce que j'aurais envie de nommer la

1. Prières effectuées en dehors des cinq prières quotidiennes obligatoires. (N.d.É.)

dimension «méphistophélique» du *niqab*: la femme qui se recouvre intégralement, loin de se courber sous sa tunique, met au contraire l'autre en position d'infériorité structurelle. C'est exactement ce que pense Agnès De Féo: «Leur apparence irrite, non pas parce qu'elles semblent inféodées à un ordre patriarcal contraignant: cette pseudo empathie est réservée aux hypocrites. Ce qui irrite chez elles, c'est qu'elles ne jouent pas le jeu social. Elles vous voient sans que vous puissiez les voir. Elles rompent la réciprocité de l'échange. Alors que vous devez obéir à des règles sociales, vous devez par exemple adopter une certaine expression du visage reflétant la politesse, la courtoisie pour maintenir un contact décent avec le monde extérieur, elles s'en affranchissent complètement. Ce qui irrite chez ces femmes, c'est leur extra-socialité. Mais si on regarde de leur point de vue, c'est autrement plus excitant. Une femme qui est à l'intérieur d'un *niqab* peut se sentir très puissante. Elle a un énorme pouvoir sur les autres, contraints de baisser le regard devant l'inhumanité qui leur fait face. Comme par hasard, ce privilège de se masquer le visage est réservé aux gangsters dans les hold-up, aux terroristes, bref aux hors-la-loi, ceux qui se veulent au-dessus des lois, supérieurs aux autres. Il y a beaucoup d'orgueil chez une femme en *niqab*. Le vêtement noir, ce grand drapé, ressemble à une toge de magistrat. Il n'est pas exempt d'élégance. À Paris, ces femmes se font parfois traiter de Belphégor, significatif du mystère qu'elles suscitent. La grande découverte que l'on fait en portant le *niqab*, c'est qu'on ne se voit pas soi-même. Le regard n'est pas altéré. On peut tout voir, y compris le monde intime des hommes. J'ai pu à plusieurs occasions regarder des jeunes étudiants en religion sous leur douche, et cela ne choquait personne. En revanche, les garçons n'ont aucune chance de voir un visage, une main, et encore moins un pied féminins, rien. Car les mains sont gantées et les pieds bien couverts par des bas opaques. Dans les centres du Tabligh où les familles vivent ensemble de manière relativement fermée, les hommes voient à longueur de journée des sacs noirs se mouvoir devant eux. Aussi paradoxal que cela puisse paraître, je soutiens que les femmes en *niqab* contrôlent les désirs de leur maris, acculés à la censure de leur propre regard, car leur morale interdit qu'ils aillent voir ailleurs, et qu'il n'y a de toutes façons rien à voir. »

Agnès De Féo est formelle : « Je n'ai jamais rencontré de femmes en *niqab* qui n'étaient pas consentantes, y compris dans ces communautés très fermées que sont les centres du Tabligh. C'est encore un mythe colporté par la pensée occidentale, un vieux fantasme colonial sur la femme indigène taxée non seulement d'infériorité mentale, mais aussi victime d'une domination masculine qui serait intrinsèque à l'islam. »

C'est bien l'ambivalence d'un certain « puritanisme » musulman qu'Agnès De Féo met ici en évidence. Rien de nouveau sous le soleil, finalement : nous autres

Européens, nous avons aussi connu nos puritains et nos jansénistes, nos dévots et nos piétistes. Et nous savons combien la plus rageuse vanité peut se camoufler sous les déclarations de soumission, et combien le rigorisme religieux peut être la plus certaine façon de ne jamais pénétrer les mystères divins. Alors oui, il n'est pas scandaleux de penser que le port du *niqab* relève parfois moins d'une manifestation d'obéissance que d'un prurit d'orgueil ou d'une volonté d'assujettir son prochain. Et que le Tabligh, obsédé par l'hygiène intime et la claustration des « parties indécentes », n'a peut-être pas son pareil pour provoquer chez ses adeptes d'infinies et douloureuses sublimations érotiques… On me pardonnera de ne pas avoir eu le courage de soumettre ces quelques hypothèses au bon docteur Abdulcoyaume.

INTERMÈDE : UNE ROMANCE FRANÇAISE

La rumeur, au Cambodge, se transforme parfois en légende, et les vicissitudes historiques peuvent se métamorphoser en mythes opératifs. Il est ainsi une histoire enchanteresse mille fois contée dont l'écho se fait entendre aux quatre orients du pays cham, une histoire qu'Emiko Stock, toujours soucieuse de se confronter à l'âme du Champa, a en substance résumé ainsi : « Il était une fois une belle demoiselle qui courait, affolée et essoufflée, le long de la rive du Mékong, dans la province de Kampong Cham. Cette jeune femme était française, et des soldats japonais la pourchassaient afin de la mettre à mort. Esseulée, traquée, privée de ses parents – de prospères planteurs d'hévéas –, notre triste héroïne se retrouve face au fleuve, sans issue. Tout espoir semble perdu… Quand soudain, un jeune et beau garçon, pêcheur cham à la barque légère, apparaît et la sauve de l'ennemi. Emportés par la douceur des flots et de l'amour, les jeunes gens accostent sur l'autre rive, au village de Phum Trea, où ils se marient avant de vivre heureux et d'avoir beaucoup d'enfants. »

À force d'entendre le récit de cette étonnante romance franco-chame, Emiko Stock a décidé d'en savoir plus, interrogeant les augustes barbes de Phum Trea, multipliant les recueils, opérant quelques habiles recoupements. Elle est ainsi parvenue à mettre au jour le nom des deux amoureux : la petite Française s'appelait Gabrielle Pianette ; lui se nommait Ta Ahmat. Le jeune Cham aurait-il donc été de ces héros indochinois – Cambodgiens, Laotiens, Hmongs – qui lors du coup de force nippon de mars 1945 ont sauvé, souvent au péril de leur vie, les Français pourchassés par les sabres japonais ? Las ! Emiko n'a pas tardé à apprendre que c'est autour de 1915 que le Cham serait entré dans la vie de Gabrielle Pianette, et d'une manière peu conforme à la légende dorée : ce n'est pas face au Mékong mais à la sortie d'un lycée de Phnom Penh qu'elle aurait été conquise – pour ne pas dire dérobée – par Ta Ahmat… Car ce dernier, loin d'être un jeune pécheur aux yeux cajoleurs, était un homme d'affaire cham, d'ascendance arabo-indienne et de trente ans son aîné… Un élément est avéré : la jeune Française, « aimantée » par son ravisseur, est partie s'installer dans le village de Phum Trea. Là-bas, elle s'est faite musulmane, puis elle a pris le voile avant d'apprendre le cham et de changer de nom : elle est d'abord devenue Mei Bi avant de recevoir le surnom de Yieh Gah.

Sa petite-fille est aujourd'hui installée en région parisienne : « La vérité, c'est que mon grand-père avait enlevé ma grand-mère. C'était un Arabe puissant, et il était craint. Il l'a ramenée de Phnom Penh – où il se rendait souvent pour affaires – jusqu'au village, et en a fait sa femme. Elle avait seize ans. » Emiko apprendra aussi que Ta Ahmat était un séducteur prodigue : Gabrielle était sa quatrième femme, les trois premières ayant respectivement été d'origine chame, khmère, chinoise.

Gabrielle / Mei Bi est partie rejoindre dans la mort son ravisseur aimé en 1974. C'était alors une vénérable femme de soixante-seize ans, maîtrisant l'usage du cham, du chinois et du khmer, réservant à la langue française l'apanage de l'écrit. Sa descendance ne va pas démériter : ainsi, je sais depuis peu que ce très cher Hisham Mousar – le personnage principal de notre film *Cham* – est l'arrière-petit-fils de Ta Ahmat et de Gabrielle Pianette ! L'on ne remerciera jamais assez Emiko Stock d'avoir su collecter et reconstituer les facettes pittoresques de cette histoire d'amour dont les légendaires échos sont parvenus à fonder un récit héroïque et colorée, mêlant romance khmère, épopée chame et littérature indochinoise.

DONATED BY
MASMOT ABDULLAH KARSIM

IX

FITNA, RIFIFI ET SALAFI

Vous avez dit salafisme ? – Généreux Arabes. – Les sermonneurs débarquent à O'Russei. – Islam à la Vietnamienne. – Bachir contre les « égarés ».

Le salafisme se porte bien chez les Chams. Certains fidèles s'en revendiquent d'ailleurs expressément, souvent avec une naïveté touchante. Salafisme ? Le mot, on le sait, est à la mode chez nos fringants journalistes, aussi sans doute est-il utile de se livrer dès maintenant à une humble tentative d'explicitation, histoire de ne pas utiliser le terme à trop mauvais escient.

Autant le dire : notre bon vieux Gaffiot n'est guère armé pour nous aider à en saisir l'étymologie, le mot – السلفية – s'étant construit sur la racine *salaf* qui désigne en langue arabe les « devanciers », c'est-à-dire les compagnons directs de Muhammad et les deux générations qui leur ont succédé, les « suiveurs » et les « suiveurs des suiveurs ». Les salafistes, qui n'existent que dans l'aire sunnite, sont donc inspirés par l'exemple héroïque et largement mythique de ces pieux croyants des origines. Il s'agit pour eux, en définitive, de «réformer» les sociétés musulmanes contemporaines afin de les faire (re)vivre selon les canons de l'Arabie heureuse du VIIe siècle. L'arsenal théologico-politique des salafistes, qui s'appuie principalement sur les écrits des juristes de l'école hanbalite (le Kurde médiéval Ibn Taymiyya, ou Ibn Abdelwahhab, le fondateur du «wahhabisme» saoudien), offre un visage particulièrement rigoriste et littéraliste, mais de larges dissensions existent sur les moyens d'imposer cette vision de l'islam qui a longtemps été minoritaire, circonscrite à la péninsule Arabique. Car il y a salafisme, salafisme et… salafisme.

Certains choisissent la voie belliqueuse: ce sont les Violents de l'Islam. Leur ennemi, parfois, est un pouvoir oppresseur, réellement attentatoire aux libertés de culte, mais souvent la cible est elle-même musulmane, et le combat est alors justifié par le recours à une sorte de «mieux-disant» islamique qui vise à la délégitimer. Le théâtre des opérations varie du tout au tout: les combattants salafistes concentrent généralement leurs actions dans une région délimitée, mais il leur arrive aussi de les étendre au monde entier: ils frappent alors l'*ennemi lointain*. Du Mali à l'Indonésie, de la Somalie à la Syrie, la litanie des actions guerrières ou terroristes de ces salafistes «révolutionnaires» plus ou moins maffieux – Ansar

Dine, Da'esh, Jemaah Islamiyya, Boko Haram, Jabhat al-Nosra, etc. – s'égrène chaque jour à la une de nos journaux. On a pu, par commodité, les nommer «djihâdistes» mais c'est à mon sens un abus de langage, insultant cette sublime et polysémique notion de *djihâd* dont la plus haute expression désigne l'effort spirituel que le croyant se doit d'accomplir contre sa propre pesanteur; la théologie musulmane a toujours pris soin d'enchâsser le *djihâd* «mineur», c'est-à-dire la guerre contre la mécréance, dans toute une série de limitations – clémence accordée aux civils et aux prisonniers, respect envers les dépouilles, etc. – que les terroristes musulmans, d'évidence, n'entendent pas toujours… Aussi, on m'autorisera à utiliser un autre nom pour désigner ces *moudjahidin* des temps postmodernes: appelons-les *takfîrî*, que l'on pourrait traduire par les mots «excommunicateurs», «imprécateurs» ou «lanceurs d'anathèmes»… Sûrs de leur pureté religieuse comme d'autres jadis croyaient en la supériorité de leur race, ils se révèlent prompts à déshumaniser quiconque n'entre pas dans le champ étroit de leur vision de la bienséance. Bonne nouvelle: il n'y a pas (encore?) de *takfîrî* parmi les Chams du Cambodge ou du Viêt Nam. Je le répète: les sabres sont toujours enterrés.

D'autres salafistes croient en l'action politique: ils collaborent aux jeux électoraux, se piquent de participationnisme et troquent parfois les djellabas pour de roides costumes grisâtres. Ceux-là ne se présentent pas toujours comme salafistes, préférant l'étiquette de «réformateurs», nettement plus rassurante pour les sociologues et les chefs de cabinet: nous sommes donc là face à des sunnites à la fois «orthodoxes» et «intégrés», soucieux d'offrir dans un monde complexe et mouvant un modèle viable et dynamique de socialité islamique basée sur la Loi. Aucun compromis sur le fond, mais un subtil dosage de compromissions apparentes et de patientes négociations.

La troisième forme du salafisme peut être nommée «quiétiste»: c'est elle qui prospère chez les Chams. Les quiétistes partagent de nombreux points communs avec les *tablighi*, si bien qu'il n'est pas toujours simple de les distinguer: comme eux, ils se désintéressent de l'action politique, n'envisagent pas d'entrer en guerre sainte contre les gouvernants – pour autant qu'on les autorise à pratiquer le culte – et respectent scrupuleusement les conseils spirituels des «docteurs» en religion. Centrés sur l'édification d'une norme morale et cultuelle qui ne souffre aucun compromis avec le monde sécularisé, ils recherchent volontiers la césure avec le reste du corps social et, certains d'appartenir à la «faction sauvée» de l'*Ummah*, n'hésitent jamais à sermonner leurs coreligionnaires. Pacifiques, ils n'ont généralement aucune sympathie pour les «djihâdistes» qu'ils considèrent comme des «égarés». Ce salafisme quiétiste prospère, on le sait, dans les gérontocraties de la péninsule Arabique, les familles régnantes appuyant leur pouvoir sur un clergé rigoriste, conservateur et parfaitement obéissant.

Mais les pétromonarchies aiment aussi exporter leurs bons offices : dès la fin des années 1980, de multiples organisations missionnaires sont venues s'installer au Cambodge, finançant des constructions de mosquées ou de *madrasa*, distribuant des bourses d'études et prêchant la bonne parole wahhabite. Trois généreux sermonneurs ont ainsi jeté leur dévolu sur les Chams du Cambodge : le royaume d'Arabie saoudite, l'émirat du Koweït et l'émirat de Dubaï. La Cambodian Islamic Association, fondée avec des capitaux dubaïotes, a ainsi participé à la fondation de plus d'une quarantaine de mosquées à travers le pays. De la même façon, la Revival Islamic Heritage Society, une organisation missionnaire koweïtienne, ne ménage pas ses efforts pour bâtir des infrastructures religieuses et rééduquer les musulmans « déviants ». Dans sa ligne de mire, les Chams « hétérodoxes » d'O'Russei occupent évidemment une place de choix.

L'Ong Khnuur Kai Tam m'avait un jour décrit la façon dont il avait été approché par ceux qu'il nomme avec ironie les « Arabes » : deux jeunes Chams nouvellement convertis aux vertus salafistes, escortés par un Koweïtien, s'étaient présentés un matin à la porte de la mosquée d'O'Russei, prétextant leur volonté d'offrir aux vieux du village des billets d'avion pour le pèlerinage de La Mecque. Leur puissant véhicule tout-terrain avait de quoi impressionner les modestes villageois, en particulier les jeunes garçons. Quelques vagues promesses monétaires accompagnaient cette délicate attention, mais les trois «réformateurs» semblaient avant tout désireux de mieux examiner les pratiques supposément «blâmables» des paisibles dévots de l'Imam San. Dans un premier temps, la visite du village avait pris des airs de tournée d'inspection générale, agrémentée d'offres mirobolantes et d'un interrogatoire faussement naïf qui, en substance, ressemblait à ceci: pourquoi les portes de la mosquée restent-elles fermées pendant la semaine? Utilisez-vous vraiment un gong pour la prière du vendredi? Êtes-vous sûr que les fidèles peuvent l'entendre? N'auriez-vous pas besoin d'un haut-parleur? Le *muezzin* maîtrise-t-il les bases de l'appel à la prière? Vous ne possédez pas de Coran en langue arabe? Accepteriez-vous qu'un professeur d'arabe et de *jawi* (alphabet arabe adapté à l'écriture du malais) vienne offrir ses services? Arrive-t-il à des villageois de se prosterner devant des tombes? Pourquoi ces jeunes filles marchent-elles tête nue? Ce sont donc des Khmères, j'imagine? Etc. etc.

À force de recevoir la visite des «cinq fois par jour», l'Ong Khnuur Kai Tam a fini par s'habituer à la condescendance des sermonneurs salafistes auxquels il oppose une imperturbable bonhomie: «Nous les écoutons calmement, nous leur expliquons que nous sommes attachés à nos traditions, puis nous leur promettons de réfléchir à changer certaines choses, mais en fait nous ne changeons rien. Nous sommes les Chams de l'Imam San et nous le resterons. »

Mais parfois, le conflit latent entre les salafistes et les « hétérodoxes » – qui est, au fond, la collision entre un islam internationaliste à visée hégémonique et un islam vernaculaire – peut prendre un tour plus sordide. Agnès De Féo se souvient que son interprète, un Cham orthodoxe très souriant, lui avait murmuré après une énième visite chez les Chams d'O'Russei : « Il n'y a rien à faire, il faut tous les tuer ! » Dans certains cas, l'Ong Khnuur Kai Tam préfère d'ailleurs ne pas perdre son temps à converser avec les sermonneurs, prétextant une petite fatigue ou une tâche impérieuse.

Il arrive aussi que le conflit s'invite au cœur même de la communauté : dans un village de la province de Pursat, un jeune Cham de tradition Imam San avait eu l'opportunité de poursuivre ses études à l'Université royale de Phnom Penh ; soucieux de ne pas se couper de sa religion, il se rendait chaque vendredi à la mosquée de « Kilomètre 7 » où des salafistes bon teint l'ont bientôt convaincu de la fausseté des pratiques perpétuées par ses parents. Revenu au village, coiffé d'un *serban* tout neuf, le jeune impétrant n'a pas manqué de critiquer ses cousins plongés dans l'erreur, provoquant en retour la colère de ces derniers mais réussissant aussi à semer la confusion parmi les fidèles. En clair : le village a bientôt été la proie de la *fitna*, c'est-à-dire de la discorde intra-musulmane. Buté sur ses nouvelles certitudes, le fier *born-again* a fini par rompre définitivement avec sa famille, trouvant sans doute dans la virilité militante de ses camarades en religion un réconfort inédit.

Il ne faudrait toutefois pas, lisant ces lignes, en déduire que tous les Chams de sensibilité salafiste sont des égorgeurs en puissance, des islamo-fascistes ou des promoteurs de *fitna* : il existe de nombreux degrés d'appartenance à la « nébuleuse » salafiste, n'excluant pas les fidélités conjointes, les tolérances ponctuelles, les distanciations raisonnables. Certes il est toujours triste de constater que, chez certains, l'obsession de pureté identitaire – et les excès hygiénistes qui l'accompagnent – prenne le pas sur la quête spirituelle ; et il est fâcheux de voir que de plus en plus de Chams, sous prétexte de revivifier leur pratique religieuse, finissent pas s'inscrire en rupture totale avec l'environnement supposé *haram* de leurs compatriotes cambodgiens. Mais le salafisme n'est pas nécessairement une prison mentale : dans un pays dévoré par la fièvre spéculative, miné par la corruption, pollué par l'idéologie de la marchandise, assailli par le déferlement d'une sous-culture occidentale ou coréenne, le salafisme peut être un lieu de résilience et une forme plus ou moins momentanée d'éveil spirituel. Et ce serait un comble, sous prétexte de vouloir combattre un fanatisme religieux, de lui opposer les non moins fanatiques ficelles occidentales de la *reductio ad djihâdum*.

***

Il n'y a pas qu'au Cambodge que le salafisme parvient à séduire son monde : Châu Đôc est une grosse bourgade vietnamienne, écartelée entre les bras du delta du Mékong et jouxtant sur ses flancs occidentaux les frontières du Cambodge. C'est aussi LA vitrine de l'islam à la vietnamienne.

Il faut savoir que deux communautés chames musulmanes fort distinctes existent (sans se rencontrer) au Viêt Nam : à la différence des Chams Banî du Panduranga, qui n'ont jamais quitté les terres du Champa historique et continuent de perpétuer un islam très singulier, les Chams de Châu Đôc sont résolument sunnites et largement salafistes. Ils ont aussi connu de bien étranges tribulations.

La création du Viêt Nam, on l'a dit, résulte de la poussée séculaire des *Kinh* qui, venus des confins de la Chine, sont descendus du nord vers le sud, dévorant progressivement les territoires chams et aborigènes avant d'annexer le delta du Mékong, terre historiquement peuplée par les Khmers. Au début du XIXe siècle, les autorités vietnamiennes, soucieuses de parachever leur entreprise coloniale sur les territoires khmers, conçoivent l'idée machiavélique de recruter des Chams exilés au Cambodge et de les utiliser contre les Khmers du delta : incités à s'installer dans la province vietnamienne du sud – qu'on appellera bientôt la Cochinchine –, ces Chams venus de Phnom Penh ont donc reçu des terres qu'ils ont été chargés de cultiver, s'assurant au passage de mater les éventuelles rebellions des Khmers colonisés. En 1859, un contingent de Chams sera même instrumentalisé par les Vietnamiens et attaquera le royaume du Cambodge, poussant l'assaut jusqu'à Phnom Penh et Oudong. Terrible réversibilité des turpitudes historiques : après avoir été défaits et chassés par les Vietnamiens, puis charitablement accueillis par les Khmers, des Chams ont fini par servir les premiers et opprimer les seconds…

Les Chams de Châu Đôc sont donc les descendants de ces troupes mercenaires. L'ambiance, d'évidence, n'a rien de commun avec les villages chams du Panduranga. Le régime socialiste d'Hanoï, toujours habile à exhiber la tolérance de ses institutions et la diversité de ses peuplades, a choisi de faire de Châu Đôc la façade touristique de l'islam vietnamien. L'ethnologue Nicolas Weber observe d'ailleurs que les Chams de Châu Đôc n'ont pas subi de politique de « vietnamisation », au contraire des pauvres Chams Banî qui ont été l'objet de multiples vexations culturelles et de captations foncières. L'historien cham Po Dharma ajoute que l'unique tentative d'un essai de « formatage » des Chams du delta par les autorités a eu lieu en 1975 quand ces dernières ont cherché à imposer le portrait d'Hô Chi Minh dans les mosquées. Portrait qui a bientôt été retiré. On le voit : les descendants des supplétifs chams continuent de bénéficier d'un traitement de faveur.

Je débarque à Châu Ðôc par un lourd après-midi de printemps, en cette fin de saison sèche désertée par la brise où le ciel chargé d'électricité annonce les prochains assauts diluviens. Ville frontière éclatée en presqu'îles et péninsules où coexistent Viêt, Khmers et Chams, Châu Ðôc est aussi un lieu marqué par la sainteté : c'est en effet ici, en 1859, qu'Emmanuel Lê Van Phung, un Vietnamien catholique, a subi son martyr, décapité sur ordre de l'empereur Tu Ðuc qui, depuis son palais de Hué, vouait une haine sans bornes à la « perverse religion européenne ».

J'aurais aimé faire ici un peu de tourisme, caresser la mangrove de Lam Vien, arpenter la colline Sam ou me gargariser d'un whisky-cobra dans une gargote fangeuse, mais je suis attendu par Bachir. Le jeune garçon m'attend devant le temple Chau Pu, vêtu à la mode salafiste : barbe roidement taillée, chemise-robe descendant à mi-mollets, keffieh bédouin.

Bachir est né – sous les prénoms de Christophe-Sethy – dans le Val-de-Marne au début des années 1980. Ses parents sont des Cambodgiens sino-khmers qui, revenus de l'étuve infernale des camps de réfugiés de Thaïlande, ont su comme tant d'autres *boat people* repartir de zéro. Ils tiennent aujourd'hui un honnête restaurant indochinois sur l'avenue Youri-Gagarine de Vitry-sur-Seine. Et c'est là, au hasard de rencontres déterminantes avec des Maghrébins pieux, que le jeune

Franco-Asiatique a décidé d'embrasser la religion d'Allâh. Retournant vers ses origines cambodgiennes, il s'est naturellement intéressé à ses coreligionnaires du pays khmer. Christophe-Sethy, devenu Bachir, a alors choisi de s'installer dans le pays de ses aïeux, ceint de sa nouvelle identité musulmane. Ce faisant, il est devenu, d'une certaine façon, un vrai *Khmer islam*.

C'est la première fois que je rencontre Bachir au Viêt Nam. Un mois plus tôt, j'ai fait sa connaissance à Phnom Penh. C'est à la sortie de la prière du vendredi de la mosquée «Kilomètre 9», où je traînais mes guêtres, qu'il m'avait abordé. Rien, dans son apparence, ne le distinguait des autres fidèles, aussi avais-je été surpris de l'entendre se présenter à moi dans un français parfait. Je lui avais offert une copie de mon film documentaire, *Cham*, et, après l'avoir visionné, il décida de me prendre en sympathie.

Au Cambodge, Bachir est comme un poisson dans l'eau : la vitalité religieuse des Chams l'exalte et leur enthousiasme pour les courants fondamentalistes le persuade que l'*Ummah* compte ici ses meilleurs hommes. Bachir est un converti et pourtant il ne cherche pas à me convertir moi-même : il sait que c'est peine perdue. En ce printemps 2013, j'ai pris l'habitude de converser avec lui après la messe dominicale. Car, par un hasard extraordinaire, il habite sur la route nationale N° 5, à quelques centaines de mètres de la chapelle Saint-Joseph de Phnom Penh, et nous nous retrouvons donc chaque dimanche dans une gargote vietnamienne réputée pour l'excellence de son café glacé. Bachir a beau s'inscrire dans la mouvance salafiste, il n'en demeure pas moins curieux de tout ce qui peut toucher au mystère de la foi catholique, même si la notion de transsubstantiation, le dogme de la Trinité ou le culte de Marie-Madeleine le plongent dans des abîmes de grise perplexité. Nous nous amusons à pénétrer nos différences : l'Islam, c'est la révélation du Verbe incarné dans un livre ; le christianisme, c'est la révélation du Verbe incarné dans un homme ; l'Islam a une vocation mondiale, le christianisme a une vocation universelle ; Jésus est en Islam le Sceau de la Sainteté, il est en christianisme le Fils de l'Homme, etc. Un matin, tandis que je lui parle des trappistes de Tibhirine, il a ces mots superbes : « Ce que je trouve magnifique chez vous [les catholiques], ce sont vos moines. » Entendant ces mots, j'ai songé à ce que m'avait dit un jour en Syrie le père Paolo Dall'Oglio, fondateur de la communauté Al-Khalil de Deir Mar Moussa : auteur d'un livre au titre évocateur – *Amoureux de l'Islam, croyant en Jésus* –, le jésuite affirmait que le monastère chrétien oriental, en lisière des déserts, a toujours fait esthétiquement et spirituellement partie du monde symbolique musulman. D'une certaine façon, la figure du moine – qui n'existe pas en islam – représente pour le musulman un christianisme idéal, et on pourrait même dire que le monachisme, par son exemplarité et sa force pure, rachète en quelque sorte à leurs yeux la plupart des turpitudes de la « chrétienté »...

Un matin, je choisis d'offrir à Bachir un livre trop peu connu : *Comprendre l'Islam* de Frithjof Schuon. Il me le rendra plus tard, annoté et souligné, après l'avoir photocopié en cinq exemplaires. L'un des passages était coloré au feutre vert, et Bachir me dira qu'il l'avait trouvé tellement éclairant qu'il souhaitait maintenant l'apprendre par cœur : « En allant au fond des choses, on est obligé de constater – toute question dogmatique mise à part – que la cause de l'incompréhension foncière entre chrétiens et musulmans réside en ceci : le chrétien voit toujours devant lui sa volonté – cette volonté qui est quasiment lui-même –, il est donc devant un espace vocationnel indéterminé, dans lequel il peut s'élancer en déployant sa foi et son héroïsme ; le système islamique de prescriptions "extérieures" et bien mesurées lui apparaît comme l'expression d'une médiocrité prête à toutes les concessions et incapable d'aucun essor ; la vertu musulmane lui semble, en théorie – car il l'ignore en pratique –, chose artificielle et vaine. Tout autre est la perspective du musulman : il a devant lui – devant son intelligence qui choisit l'Unique –, non pas un espace volitif qui lui apparaîtrait comme une tentation d'aventure individualiste, mais un réseau de canaux divinement prédisposées pour l'équilibre de sa vie volitive ; cet équilibre, loin d'être une fin en soi comme le suppose le chrétien habitué à un idéalisme volontariste plus ou moins exclusif, n'est au contraire, en dernière analyse, qu'une base pour échapper, dans la contemplation apaisante et libératrice de l’Immuable, aux incertitudes et à la turbulence de l’*ego*. En résumé : si l’attitude d’équilibre que recherche et réalise l’Islam apparaît aux yeux des chrétiens comme une médiocrité calculatrice et incapable de surnaturel, l’idéalisme sacrificiel du christianisme risque d’être mésinterprété par le musulman comme un individualisme contempteur de ce don divin qu’est l’intelligence. »

Me rendant le livre, et me gratifiant d’un sourire magnifique, Bachir me dira alors ceci : « Tu sais, Bruno, il m’arrivait de penser que les chrétiens sont tous des fous, et je sais aussi que beaucoup de Français pensent que les musulmans sont tous des hypocrites. Je comprends mieux, maintenant, l’objet du malentendu. »

Mais s’il est stimulant de confronter nos adhésions spirituelles divergentes, il est en revanche moins aisé de converser sur l’islam et ses différentes interprétations. Car Bachir, c’est sa force et sa faiblesse, pense sincèrement que 95 % des musulmans sont des « égarés », ce qui, à mon humble avis de mécréant, est peut-être un peu exagéré… Quand il se présente comme « salafiste », ce n’est certes pas par coquetterie ou volonté d’en imposer, mais plutôt par courtoisie (ne pas prendre l’interlocuteur en traître) et, si je puis dire, par humilité : étant un converti et ne pouvant de ce fait s’inscrire lui-même dans une tradition familiale islamique, il a choisi de se reconnaître dans le courant qu’il considère comme étant le plus « authentique » : le salafisme. Mais lorsque je lui fais remarquer que ce dernier n'est, peut-être, que la réactualisation contemporaine et hypermoderne d'une « école » parmi d'autres – l'austère école hanbalite – et qu'il existe d'autres traditions musulmanes à travers le monde qui peuvent légitimement se sentir agressées par le courant salafiste, Bachir a une réponse déconcertante : s'il y a *fitna* (division) dans le monde musulman, dit-il en substance, c'est tout simplement parce qu'il existe des « sectes » qui ne suivent pas l'exemple des *salafi*... À l'entendre, ce n'est pas la volonté hégémonique des salafistes qui crée la discorde, mais l'existence d'une écrasante majorité de musulmans qui continue de ne pas partager leur sévère conception de l'islam.

Les villages chams de Châu Đôc, justement, ont été le lieu d'une terrible *fitna*. Agnès De Féo a ainsi étudié la façon dont des Chams de Châu Đôc, revenant dans les années 1960 d'Arabie saoudite ou d'al-Azhar où ils avaient été étudiants, ont tenté de convertir leurs coreligionnaires à l'interprétation salafiste. Très vite, des tensions violentes sont apparues entre les « anciens » (*Kaum Tua*), fidèles à l'héritage culturel du Champa et traditionnellement rattachés à l'école de jurisprudence islamique d'Asie du Sud-Est, et les « jeunes » (*Kaum Muda*), nouvellement ralliés au salafisme d'inspiration wahhabite. Comme toujours, les jeunes « réformateurs » s'en sont pris aux « innovations blâmables » des anciens, criminalisant le culte des saints musulmans, les pèlerinages sur les tombes ou la célébration traditionnelle de l'anniversaire du Prophète. À l'intérieur même des familles, la *fitna* a divisé les frères, opposé les fils aux pères, séparé les cousins. Si les tensions sont aujourd'hui moins vives – pour combien de temps ? –, le ressentiment entre les deux groupes reste intact, d'autant plus que les « réformateurs », experts en réseautage financier, savent lever des fonds auprès des riches bienfaiteurs arabes…

Bachir, lui, ne se fait pas trop de souci : le salafisme, il en est persuadé, va dans le sens de l'histoire. Les différentes écoles de jurisprudence, les sectes, les courants, les peuples et les oppositions, tout sera un jour unifié sous la bannière lumineuse des « pieux prédécesseurs ». À l'entendre, l'islam sera global ou ne sera pas ; à Phnom Penh, Dakar ou Vitry-sur-Seine, les musulmans parleront bientôt la même langue…

Pour l'heure, Bachir aime immodérément arpenter les rives de Châu Đôc. Le lieu, il est vrai, reste stratégique : « Quand les touristes quittent le Cambodge pour entrer au Viêt Nam, me dit-il, la première chose qu'ils voient en traversant la frontière, c'est que Châu Đôc est une agglomération islamique. Ils comprennent que les musulmans sont partout, même au Viêt Nam ! » Une dizaine de mosquées s'élèvent en effet sur les bords des rivières de Châu Đôc et de Bassac, et la présence musulmane s'affiche ici sans complexe. Bachir tient à louer une barque avec rameur afin de m'emmener à Đa Phuoc et Châu Phong, deux villages de pêcheurs où les « réformateurs » ont réussi à s'implanter durablement parmi les fidèles. Les deux bourgades, il est vrai, semblent vivre à l'heure *salafi*. Plusieurs mosquées bedonnantes, financées avec l'argent de millionnaires saoudiens ou koweitiens, s'élèvent à l'assaut des nuages. On trouve à Đa Phuoc une large boutique de «souvenirs», emplie de vêtements islamiques, de livres religieux, de versets calligraphiés. À Châu Phong, Bachir n'a pas peur de pratiquer son arabe en échangeant quelques mots avec un *imâm*. Plus loin, il se réjouit de croiser un groupe de jeunes écoliers sortant d'une *madrasa*. Ils sont habillés comme lui, sauf qu'ils ne portent pas de keffieh bédouin. «Ils doivent te prendre pour un dandy», lui dis-je. «Non, répond-il dans un grand rire, c'est parce qu'ils n'ont pas encore fait le *hajj*. Ce keffieh, je l'ai acheté à l'aéroport de Riyad!»

À deux reprises au cours de notre promenade, Bachir m'abandonnera pour satisfaire à l'obligation de la prière, celle de la mi-journée et celle de l'après-midi. Il me reviendra avec le visage apaisé, et un quelque chose de tendrement ému dans le regard. Pouvoir salvifique de la contemplation. Puis, tandis que nous partageons un ultime café glacé, Bachir me tend un petit paquet coloré. Il contient un poignard en forme de sabre, sculpté de calligraphie arabe.

–C'est pour toi. Si un égaré veut te tuer, tu pourras te défendre.

–Je serai fier, dans ce cas, lui ai-je dit, de devoir mon salut à un Khmer islam.

Nous nous sommes séparés sur ces mots, tandis que retentissaient au loin les appels de la prière *al-maghrib*. J'ai regardé mon « camarade mahométan » s'éloigner à grands pas vers la confluence où, une fois encore, il est allé adresser ses louanges enfiévrées à l'Unique. Chez les Chams du delta, la liturgie des heures n'est pas chose qui se négocie.

X

RETOUR À OUDONG

Avant de quitter le pays des Chams, j'éprouve le besoin de gravir, une fois encore, la sainte colline des renonçants d'Oudong. Rien, en apparence, ne semble avoir changé depuis ma prime visite. Les cabanes sont un peu décaties, les toits percés laissent filtrer l'eau de pluie, mais les vénérables gardiens de la «tombe» de l'Imam San sont plus nombreux encore que dans les premières années du XXIe siècle. En ce mois d'avril 2013, alors qu'un soleil orageux s'approche du zénith, ils sont une petite douzaine de retraitants – je devrais dire «retraitantes», car il y a surtout des femmes – drapés de blanc, les yeux mi-clos, engoncés dans leurs hamacs. Au centre du groupe, un *idiot* au regard doux caresse un chaton.

Les ermites d'Oudong continuent de veiller et de psalmodier, mais Ong Lep, le bon *faqîr*, n'est plus de ce monde, à ma grande tristesse. Nombreux sont les chats qui continuent d'errer près de sa cabane et je ne peux m'empêcher de penser qu'eux aussi doivent regretter la présence du vieux sage, la tendresse fraternelle dont il entourait ses passions félines.

Quelques jours avant ma dernière visite chez les dévots de l'Imam San, Emiko m'a emmené jusqu'à la tombe d'Ong Lep, creusée dans le jardinet qui borde sa maison familiale à O'Russei. Quand les nuits sont clémentes – et c'est fréquent au Cambodge – sa veuve dort à la belle étoile, dressant sa couche entre les pilotis, à quelques mètres seulement de la dernière demeure de son cher aimé. Connaît-elle sa chance, son insensé privilège ? Sait-elle qu'en France il est impensable de reposer ainsi dans son jardin, que nos défunts s'entassent sous des marbres géométriques ou, pire, dans d'étroits casiers funéraires ?

Ong Lep nous a quittés mais avec lui ce sont aussi les amulettes ésotériques d'Oudong qui ont pour toujours disparu de notre horizon, et j'y vois comme un symbole de l'inexorable déclin de l'islam idiosyncratique des Chams Champa. N'étant pas un *sectateur de Mahomet*, je me garderai bien d'émettre un quelconque jugement sur cette nouvelle victoire de l'orthodoxie islamique ; et je sais que, du Sénégal au Caucase, de l'Anatolie au Surinam, les sociétés traditionnelles musulmanes sont partout en souffrance… Les chasseurs d'associationnisme ont le vent en poupe ! À la globalisation de type McWorld – culture MTV & co – semble désormais répondre un autre mondialisme, musulman celui-là, prônant la convergence radicale, le modèle unique, le grand arasement. Demain, qui sait, le rêve salafiste de Bachir sera peut-être devenu réalité, et à Gao, Damas, Londres et Kampong Cham, les musulmans parleront une même langue, prieront sous une même tunique.

Pour l'heure, prenons la mesure de notre privilège : l'islam cham n'est pas encore réifié. Il est vivant, truculent, paisible, pieux, polymorphe, chatoyant, hospitalier. À chacun(e) de lui offrir les marques d'amitié et de curiosité qu'il mérite : il les rend au centuple.

REMERCIEMENTS DE L'AUTEUR

Mes remerciements enfiévrés à Emiko Stock qui a bien voulu m'introduire, par une nuit de pleine lune, dans les cérémonies islamo-chamaniques d'O'Russei, et dont les judicieux conseils m'ont évité bien des chausse-trappes ; ma gratitude la plus sincère à l'endroit d'Agnès De Féo qui par ses recommandations et ses fidèles attentions m'a aidé à mieux connaître le Champa aux mille visages, depuis Preik Pra jusqu'à Huu Duc ; merci à Raphaël Bodin, compagnon de voyage et lecteur attentif, pour son précieux soutien ; mon amical salut à Pierre-Yves Clais, Angevin des antipodes et bonze rocker, sans qui le « merveilleux Cambodge » ne se serait jamais présenté à mes horizons ; mon admiration sans bornes pour le docteur Kinn, « médecin-Dieu » des campagnes cambodgiennes et fils mélancolique du pays khmer.

Merci aussi à l'Ong Khnuur Kai Tam et l'Ong Kai Tet, Hadji Musa Soleh, la famille d'Ong Lep, Mousar Hisham, Guillaume Orignac, le docteur Abdulcoyaume, Bachir (Christophe-Sethy), François Ponchaud, Sisowath Sylvia, Ysa Osman, Set Muhammadsis, Ohkna Sos Kamry, Born Marady, Sim Sopheak, Tin Rosaly, Him Sait, Thy Somalai, Tan Kimrany, Mat Min, Caea Vannat, KlyvSen, Chau Khim, Tan Sophan, Sabu Bacha et tant d'autres dont je ne connais pas les noms.

34 rue Ramey – 75018 Paris – France
Tél : 01 53 28 03 05 – e-mail : contact@editions-magellan.com

www.editions-magellan.com

ISBN : 978-2-35074-467-4

Imprimé en France par SEPEC à Péronnas (01)
Dépôt Légal – deuxième trimestre 2017